光文社文庫

文庫書下ろし

はい、総務部クリニック課です。

あれこれ痛いオトナたち

藤山素《もと》心《み》

光 文 社

この作品は光文社文庫のために書下ろされました。

目次

【第一話】減衰する抗重力機構

駅の改札に向かって続々と出撃していく、ベッドタウンの通勤戦士たち。

その流れに逆らいながら駅の階段を降りる朝を繰り返して――ついに八年。四車線の大きな道路を越えた先に並ぶ住宅区画に交ざる職場を目指し、二十分の距離を歩き続けて、なんと八年経《た》ってしまった。

「四月か……」

ため息が出るのは、出社困難な気分だからではない。

春なのに、まだ防寒ウインタージャケットを脱げるほど暖かくならないからでもない。

八年経っても、正面から歩いて来る人をうまく避けきれないからでもない。

「あ、すいません」

「チッ――」

もちろん、露骨な舌打ちで睨《にら》まれるまでがセットと決まっているからでもない。

ため息がまたひとつ出る理由は、ただひとつ。いよいよ四月七日をもって、この松久奏《まつひさかな》己《み》が三十歳になってしまうからだ。

「……三十か」

自分磨きなどするつもりのなかった人間が、全国医療福祉教育協会の医療事務認定実務者試験を受けさせてもらい、医療事務になってから一年。総務課からクリニック課へ異動になって、一年経った。普通はそっちの方が、この四月の大きな意味であるはずだ。

ところが今年の春はそんなことより、四月七日まで続く三十歳へのカウントダウンの方が大問題だった。いったいそれの何が問題かといって、もう「二十代ではない」というカテゴリーに分けられてしまうことだ。

「三十、か……」

そんなことを言えば四十歳になる時、五十歳になる時はどうなるのだと怒られそうだけど、まだなったことがないので申し訳ないけど想像もつかない。

ともかく、十九歳から二十歳《はたち》になった時とはまったく違う。一線を越えてしまうと、もう戻れなくなるこの感じを、何に喩《たと》えればいいだろう。

小学校とは違う新しい制服を着て、中学校の入学式に出た時の感じ——は、もう忘れてしまったので適切かどうか定かではない。むしろ一着しか持っていなかった就活スーツで、入社式に出た時の感じ——あれが一番近いかもしれない。

もう二度と戻れない、この二十代。

でも今は「アラサー」という言葉を考えてくれた人に、心から感謝している。
Around《アラウンド》 Thirty《サーティー》＝三十歳の周辺だから、略してアラサー。二十九歳もアラサーだし、三十二歳もアラサー。ネットで調べた限り、アラサー年齢の定義には四捨五入という日本工業規格《JIS》や国際標準機構《ISO》にも認められている端数処理の方法が適用されると、分厚い結婚情報雑誌のサイトにも書いてあった。つまり二十五歳から三十四歳まで「アラサー」という区分に居られることになるのだ。

逆に言えばすでにアラサーだったわけで、三十歳になったからといって、十の位が三に変わったからといって、ぜんぜん大丈夫。ぜんぜん問題ない。ともかく二十代と三十代の明確な一本の境界線に、かなりの「幅」を持たせてくれた人に大感謝だ。

なんだか理屈っぽくて、先生に似てきたかもしれない。そんなことを思いながら四車線の大きな道路の信号を渡り終わると、五階建ての株式会社ライトクの玄関が見えてきた。

「えっ――」

清掃美化用品を取り扱う会社だけあって、東京本社の朝はちょっと変わっている。向こう三軒両隣の敷地前まで、社員が持ち回りでゴミ拾いと掃き掃除をするのだ。

でも驚いたのは、そんな八年も見続けた光景ではない。

「――えっ!?」

思わず、時計を見た。

時刻はまだ、午前八時二十五分。朝の定例お掃除を始める、五分前。それなのにもうすでに、ふたりの男性社員がホウキとチリトリを持って歩道に立っている。

「早くない⁉」

この状況、遅刻でもないのに走らざるを得ない。

しかもそのふたりは、この一年間で一度も着ているところを見たことがなく、持っているとも思っていなかった、開発本部系に支給されている濃紺の作業服を着ているのだ。

「マツさん、おはよう」

サラサラに伸ばしたアシンメトリーな前髪を左耳へかけたツーブロックに、淡白系の整った顔をしたこの男性、森《もり》琉吾《りゅうご》。クリニック課の課長であり医師でもあるので、いつもは白衣。なぜ今日に限って、ホウキ片手の作業服姿なのか。

「はよざーっス」

前髪にゆるめのツイスト・スパイラルパーマをかけ、センターパートにしたメガネのチャラ系顔をしたこの男性、眞田《さなだ》昇磨《しょうま》。薬局課の課長であり薬剤師でもあるので、いつもは白衣。なぜ今日に限って、チリトリ片手の作業服姿なのか。

「や、あの……なんで」

「今日は掃除当番だから」

いつも表情に乏しい先生が、口元に笑みを浮かべていた。

もちろん今日がクリニック課始まって以来の「掃除当番の日」だということは、なんだったら先月から知っている。特に先週から、先生のテンションは上がりっぱなしだった。でも知りたかったのは、そんなことではない。

「もー、奏己さん。なんとか言ってやってくださいよ。昨日、あれだけ掃除は八時半からだって念を押したのに」

「もう、八時半になるが?」

「何時に来たと思ってんの? 八時前だよ? 守衛さん、びっくりしてたじゃん」

「遅刻するわけにはいかないので」

出社した時刻に少しだけ驚いたけど、週末のそわそわした様子から、なんとなくそんな感じになるのではないかと予想はできていた。

でもいま知りたいのは、そんなことではない。

「だからって、なんでオレを誘うのよ」

「おまえも課長だからだ」

「それ、関係ある?」

相変わらず会話がズレる先生には慣れているものの、どうにも慣れないものがある。

でもそれに気づいてくれるのが、安定の眞田さんクオリティなのだ。

「あ、奏己さん。もしかして、このライトク作業服のことですか?」

いろんな趣味嗜好《しゅみしこう》が認められるようになってきたご時世なので、正直に言わせてもらいたい。白シャツとネクタイの上に作業服姿は、個人的にわりと刺さる姿の第三位だ。

どうでもいいことを付け加えると、長袖の白シャツをまくって見える腕の筋肉が第一位で、細くて長い指なのに筋張ってやや無骨に見える手が第二位。その手が何か作業をしていれば、一位と二位は逆転する。

今回は白シャツにネクタイがないというのが大変残念だけど、作業服姿なんてこの一年間まったく見たことがなかっただけに、そのギャップも相まって効果は絶大だった。

「実はこれ、リュウさんが――」

眞田さんが説明してくれる前に、急な角度で先生が視界に割り込んできた。

「どう？」

距離感がつかめないのは相変わらずだけど、この姿でグイグイ来られるのは困る。

「ここ。胸元のポケットに、ライトクのマークが入っているのだが」

「そ、そうです……ね」

近い、今日は特に近い。先生の首筋が鼻先に来るのは、ちょっと耐えられそうにない。

「あのさ、リュウさん。奏己さん、何年ライトクに勤めてると思ってんの」

「八年になるが？」

「……よく知ってるね」

代弁してもらった。

「部隊の長たる者、部下の戦歴を知っているのは、あたり前だと思うが？」

「だから。そんな作業服のマークとか、あらためて言わなくても」

申し訳ないけど、知らなかった。

「……そうか。釈迦《しゃか》に説法だったか」

さっきまでの笑顔から、このションボリ顔の落差はファールだと思う。

「あの、先生。そのマーク、私も知りませんでした」

「そう？」

「奏己さん、いいんですよ？　そんな、気を遣わなくて」

「いえ、ホントに知らなかったので」

だからといって、一気にまた笑顔に戻るのはズルいだろう。

「実は、この作業服。新入社員の方たちに支給するというので、ついでにお願いして」

「ねぇ。なんで、オレの分も注文したの？」

「おまえも課長だからだ」

「それ、関係ある？」

前に流行ったループものマンガでもあるまいし、この天井を永遠に繰り返させるわけにはいかないだろう。

「あれですよ、眞田さん。その……お掃除する時の、防寒着として」

「いや。違うぞ、マツさん――」

ここは素直に、それで終わりにして欲しかった。

「――これは、機能的な問題ではない。この作業服は、言うならばライトク支給の戦闘服《BDU》。我々はクリニック課という新設の後方支援部隊だが、これを着ることにより、ようやくライトクの一員になれたという意味の方が強いと思う」

「オレ、薬局課なんだけど」

「カウントする時はクリニック課と一緒にしてくれと、いつも言うだろう？」

「えー。こんな時だけ、それ持ち出すワケ？」

そんなやり取りをしている間に、お掃除の開始時刻を過ぎてしまった。

「あの、先生。私も、急いで準備してきますので」

「なんの？」

「だから、お掃除の」

「終わったが？」

「お……」

たしかに辺りを見ると、ゴミ拾いに掃き掃除どころか、エントランスのドアと一階の窓拭きまで終わっていた。

「だって、奏已さん。オレら、八時からやってるんですよ？」

「す、すいません……私も、もっと早く来れば」

「や、それはいいんです。奏已さんも誘うのかって聞いたら、リュウさんが『なぜ定時より早く来させる理由が？』って言ってましたから」

さすがに付き合いが長いだけあって、口調がわりと似ていた。しかもあえて表情を消してマネるあたりが、とても眞田さんらしい。

「じゃあ、なんでまだ玄関に？」

「あれですよ。リュウさん、あれがやりたかったんです」

眞田さんが指さした先には、登校してくる生徒に校門で「朝の声かけ運動」をしている校長先生かと見間違うほどの先生がいた。違うとすれば、手にホウキを持っていることぐらいだろうか。

「おはようございます、安原《やすはら》さん」

「あっ、先生！　おはようございます！」

しかも、全員の顔と名前を覚えているから恐ろしい。

「おはようございます、森本《もりもと》さん」

「おっ、今日はクリニック課の当番でしたか」

「一年、待った甲斐《かい》がありました」

「ははっ。そんなに掃除当番を楽しみにしてるの、先生ぐらいですよ」

無自覚に笑いまで取ってしまうあたり、末恐ろしい。

「先生、おはようございます！」

「はい。芳賀《はが》さん、おはようございます。今日は顔色、いいですね」

もうこうなってくると、真剣にここは学校の校門ではないかと思えてならない。しかも校長先生だったり、保健室の先生だったり、脳内に軽いバグが生じて困る。

「松久さん、おはようございます」

「あ、生田《いくた》さん。おはようございます」

あのふたりを差し置いて、まさか自分に声がかかるとは思ってもいなかった。

「すごいですね」

「何がです？」

「いや、この光景ですよ。とても、あの朝の掃除とは思えなくないですか？」

あらためてそう言われると、たしかに見慣れた朝の玄関とは違っていた。

先生が、必ず全員の名前をつけて挨拶するからだろうか。声をかけられた方は老若男女を問わず、いつもの儀礼的な「おはようございます」ではなく、言うならば「生きた」朝の挨拶《あいさつ》が交わされているようにも見える。

眞田さんにいたっては案の定、女性社員に囲まれてしまった。場所を空けるために端へ寄ったものの、それはそれで輪を大きくする原因になっているような気がしてならない。

「そうですね。先生と眞田さんのおかげで、ずいぶん変わりましたね」

「松久さんも、けっこう変わりましたよね」

「……そうです？」

「あ。もちろん、いい方向にですよ？」

さすが営業企画部の生田さん、持ち上げ方が上手い。

「はよざーす」

そこを軽く会釈して通り過ぎていったのは、社内へのプッシュ通知などで何かとお世話になっている、第三商品開発部の石塚《いしづか》さんだった。

「——お、おはようございます！」

「おはよう、松久さん」

「あっ、青柳《あおやぎ》さん！　おはようございます！」

「今日も佐伯《さえき》さん、午後からよろしくね」

「はい！」

「おはようございます松久さん」

「はい！」

思ったより声をかけられてあたふたしていると、生田さんは笑顔を浮かべていた。

「ね？　変わったと思いません？」

たしかにホウキとチリトリを持ったまま顔も上げない男性社員たちから、ぞんざいに挨拶を返されていた去年までとは違うかもしれない。打たれ弱い人間にはこれぐらいの空気感がちょうどいい、出る杭は打たれるのだから打たれ弱い人間は出なければいい――一年前は、そんなインパラ系草食女だったのだ。

そう考えると、三十歳になるのも悪くない。なんて簡単には割り切れないのも、やはり残念な松久奏己クオリティだと言わざるを得ない。

それでも、いつかは達成したい目標がある。

それは認知行動療法で言うところの、自分に優しくする5つの方法のひとつ「ありのままの自分を受け入れる」こと。

それができれば「天下無双のマツヒサ姉さん」になれる気がしてならないのだった。

▽▽▽

四月第一週の月曜日が掃除当番という、なかなか新鮮な気分でスタートした新年度。

二年目の春を迎え、クリニック課は模様替えをしていた。

「奏己さん。腰痛コルセット、新しいヤツを仕入れておきましたからね」

「あ、すいません。ありがとうございます」

「これ、軽くて通気性がいいんで、慢性期の腰痛にはオススメです」

昨年度まで薬局課の扱う薬剤は、入退出と温度と湿度が十分に管理できる社内ゾーニング「セキュリティ・レベル4」の元サーバールームを改装した薬剤保管庫で管理されており、結果としてそこが「薬局窓口」になっていた。

「……待てよ。やっぱ、絆創膏《ばんそうこう》は三段目がいいかな」

やがてクリニック課が社内に定着してくると処方は増え、眞田さんはそこから離れることができなくなった。結果、クリニック課の壁際に設置したお気に入りの「ショーマ・ベストセレクション」棚は放置状態。お支払いもクリニック課の受付でやっていたので、商品の質問がきた時だけ眞田さんを呼び戻す形になっていた。

「爪《つめ》切り、爪ヤスリ……だとすると、隣は」

そのことが大変不本意だった眞田さんは「オレがやりたい薬局課はコレジャナイ」と、ことあるごとに社長に直談判《じかだんぱん》していた強者。一年かけてようやくクリニック課のある部屋に薬局窓口を併設——つまり薬剤を保管しても「セキュリティ・レベル4」は維持されると、理事会で承認されたらしい。

おかげでクリニック課の景色は、ずいぶん変わった。

受付の隣に薬局窓口のレジを並べ、背後のスペースに薬剤保管棚を運び入れ、ご満悦の眞田さん。去年から据え置きになっていた「仮設の」社内児童クラブ跡地はようやく撤去となり、備品の大部分は五階にある「本来の」社内児童クラブへ移されたのだ。

「眞田さん。今度は、なんのコーナーを作るんですか？」

せっせと棚を補充していた眞田さんは、なぜか感慨深そうに天井を仰いだ。

「……いいなぁ。これだよ、これ」

「なにがです？」

「フツーに誰かと話しながら、仕事ができることですよ」

たしかにあの狭いスペースに「ひとり」というのは、眞田さんには辛《つら》いかもしれない。

「実はこの箱、全部『サポーター』なんですよ」

「全部？」

いよいよ空きスペースのなくなってきた「ショーマ・ベストセレクション」棚の一角には、いろんなサイズの箱が吊《つ》るしてあった。

「です、です。スペースに限りがあるんで絞りましたけど、これは腰痛、これは四十肩《しじゅうかた》、これは膝関節《ひざかんせつ》の日常用で、これは腱鞘炎《けんしょうえん》用。できれば、姿勢矯正用も置きたいですね」

「関節祭り、ですか」

「ちょ、奏己さん。リュウさんの影響、受けすぎじゃないです？」

「えぁ――」

恥ずかしすぎて、顔が火を噴くほど熱くなった。

「――す、すいません！　なんか、すいません！」

「や、別に大きく外れてないですけど」

だからといって「祭り」を付ける必要はないだろう。どうやら社食の「大将　怒りのカレー祭り」というネーミングが、思いのほか印象に残っているらしかった。

「実はリュウさんと相談して、今月から【痛み外来】をやるかって話になったんですよ」

「……あ、それで」

「気づきました？」

幾《いく》つになっても、末っ子気質の笑顔を浮かべる眞田さん。こんな弟がいたら、どんな姉だって――と考えて、それ以上想像するのはヤメておいた。

「頭痛、腹痛、生理痛、切り傷から巻き爪まで、痛みの幅は広いですからね。鎮痛剤系はリュウさんが処方した方が適切ですから、こっちの棚ではそれ以外をカバーしようかと」

何かと悩まされるものの、病院を受診するとなると、どうしても後回しにしてしまいがちな「体の痛み」。しかも肩や膝の関節痛だけでなく、切り傷用の絆創膏やガーゼ、巻き爪矯正アイテム、果ては「うおのめ」や「たこ」を取る市販品まで入れるあたり、さすがドラッグストア勤務の経験がある眞田さんだと感心する。

そんな先月までとはひと味違うクリニック課のドアが、バーンと勢いよく開けられた。

「おはよー」

もの凄《すご》く気さくな感じで入って来たのは、何度このパターンで登場されても慣れることのない人物。白髪交じりで少し小柄な、スーツに縁なしメガネが妙に似合う丸い目をした、年齢不詳の童顔——といえば、株式会社ライトクの三ツ葉《みつば》社長だ。

「しゃ——」

「あ、三ツ葉さん。おはようございまーす」

「おはよー。琉吾先生、いる?」

「おはよう、ミツくん」

眞田さんが答える前に、コーヒー片手の先生が診察ブースから姿を現した。

このタイミング、おそらく社長が来るのを知っていたような気がする。だとすれば今から始業までの短い時間で、何か話し合うに違いない。

次の瞬間、わずか一秒だろうか。眞田さんの視線は、先生が手にしていたコーヒーカップに流れた。その意味に気づいたので、こちらから「大丈夫です、私がやります」と目で合図を送ると、次の一秒で眞田さんは「じゃあ、お願いします」と視線を返してくれた。

もちろん、言葉は無粋。

これがコミュニケーション・モンスターとインパラ・センサーの伝達方法なのだ。

「社長。コーヒー、いかがですか？」

「えっ、淹《い》れてくれるの？」

「全部入りで、よろしいですか？」

「ありがとう。嬉《うれ》しいな」

社長も先生と同じで、飲んだり食べたりを簡単に忘れる認知機能の人なので、常に低血糖には注意が必要。だからコーヒーは、ミルクも砂糖もダブルだったはずだ。

「どうしたの、ミツくん。新年度初日の朝から」

「ごめんね、先生」

「なにが？」

「あれだよ、社内児童クラブのこと」

社長はあまり周囲を見ない人なのでデスクに座るよう、眞田さんが無言のままイスを引いて誘導していた。そうでもしないと落ち着かず、ウロウロしてあちこちぶつけたり、あれこれ落としたり、こぼしたり——社食での飲み会に交ぜてもらった時も、見るからに高そうなスーツに、わりと何度も焼き鳥のタレや刺身醤油をこぼしては、隣の眞田さんをヒヤヒヤさせていたのを思い出す。

先生が言うには、社長には日常生活に支障がない程度の多動性と衝動性があるらしい。

つまりこのふたり、いろんな意味でわりと目が離せない人たちなのだ。

「ん？　もう、その話は聞いたけど？」

「えっ、言ったっけ？」

「えっ、なんのこと？」

おそらく、ふたりして違うことを思い浮かべているのだろう。

「初年度だけど『監査』が入るって」

「なに、監査。監査って」

「内部監査。業務監査だよ」

「へぇ……」

先生、絶対わかってないと思う。

「……え、クリニック課《うち》に？」

「違う、違う。社内児童クラブに」

「あ。生産本部や運送事業部に関しては、来年度に持ち越しになったことじゃなくて？」

「それも、ホント申し訳ない」

「いや。別に、ミツくんが謝ることじゃないと思うけど」

「でもさぁ、先生――」

いつの間にか歯車は嚙《か》み合い、気づけば話が進むのだから不思議でならない。

実はトライアルこそ滑り出し上々だった【社内児童クラブ】も、この四月から開始できたのは残念ながら東京本社のみ。離れたところに拠点のある生産本部や運送事業部などでは、来年度に持ち越しとなってしまったのだ。

話によると――監査室から会計監査が入り、お金の目処《めど》がついているにもかかわらず、逆に多額な上に先行き不透明だという理由で、東京本社以外の予算は承認されなかったらしい。おまけに経営企画室からも「順次導入」を提案されるという、鉄壁のガード。

そのことにご立腹だったのは先生ではなく、三ツ葉社長の方だった。

「まさか、ワンマン経営で破綻した過去を繰り返さないための組織改編が、皮肉にも足枷《あしかせ》になるとはね」

「でもそういうの、大事なことでしょ」

「ガバナンス！」

社長は不意に声を荒らげて、コーヒーを飲んだ。

「……え？」

「なんでもない」

これも社長の「日常生活に支障がない程度の多動性と衝動性」のひとつだろうか。

ガバナンスの意味がわからなかったので調べたところ、健全な企業経営を目指すなんとかだと、難しそうなビジネス用語で説明されていた。

「で、ミツくん。結局、生産本部や運送事業部の人たちって」

「それがさぁ――」

どうやら社長がご立腹な理由は、他にもあるらしかった。

それは生産本部や運送事業部の管理職と本社の間で意思疎通が十分ではなく、その管理職と社員側でもニーズの認識に「ズレ」が生じていたこと。つまり社員は【社内児童クラブ】を切望していたにもかかわらず、そのニーズを管理職側は過小評価し、なおかつ本社とのやり取りにも「乗り気ではなかった」という。

新しいことは、めんどくさい。

今までやれていたのだから、それでいい。

そんな気持ちが個人的にはわからないでもないけれど、いまだに縦割り構造の強く残るライトクの体質が、社長は気に入らないのだ。

「もう……ほんと、ガバナンス！」

「ミツくん。それ、気に入ってるの？」

たまには先生も、みんなの気持ちを代弁してくれるらしかった。

「あ、ごめん。もうすぐ、始業だね」

そう言って社長は腕時計を見て、残りのコーヒーを一気に飲み干した。

「別に、俺はいいけど」

先生。さっきからすでに、入口のドアから入れずに困っている社員さんがいます。

クリニック課のデスクに社長が座っていたら、入りづらいと思いませんか。

「ともかく。健診後の【健康相談窓口】と、下半期に【女性相談窓口】を、年一回ずつ開催できる予算は納得させたから」

「じゃあまたスポットとか臨時とかで、人を雇っていいんだね？」

「なんだかさ。そういう『目に見える』ことしか通らないの、どうかと思うよ」

「福利厚生って、そういうものじゃない？」

「ホント、頭痛いわ」

そう言って眉間《みけん》にシワを寄せる社長を見ていると、眞田さんからの視線を感じた。

おそらく、同じことを考えたのではないだろうか。

「飲む？」

先生が社長に差し出したのは、いつもの錠剤――ロフラゼプ酸エチル錠だと思う。

コーヒーを飲み干してしまったので、何で飲み込もうかキョロキョロしている社長に、先生は自分のコーヒーカップを渡した。

「サンキュー」

「しばらくは、気をつけてね」

たぶん「薬が効くまでは」いろいろ気をつけて、ということだろう。

今の勢いだと、どこに行っても「ガバナンス！」と言い出しそうで怖い。

「ごめんね、お邪魔しました！　昇磨くんも松久さんも、またね！」

「はーい。お気をつけてー」

「お気をつけ――」

言い終わる前に駆け足で出て行ってしまった社長を見送っていると、いつの間にか眞田さんが隣に立っていた。

「奏己さん。さっき、同じこと考えてませんでした？」

「……さっき、というのは」

「三ツ葉さんが『頭痛いわ』って、言った時ですよ」

眞田さんは時々、この「ちょっと悪い笑顔」を浮かべる。

「さ、眞田さんは……なに考えてました？」

「いやいや。ここは、奏己さんから」

きっと、同じことを考えていたに違いない。

始めたばかりの【痛み外来】の患者第一号は、三ツ葉社長になってしまったと。

▽　▽　▽

春だから、だろうか。

たぶん関係ないと思うけれど、珍しい人がクリニック課を受診した。

「ちゃーっス」

「あっ、大将」

小柄でチョビ髭《ひげ》に作務衣《さむえ》姿は、相変わらずどこから見ても居酒屋の大将で、社食を任されているようにはとても見えない。しかも「怒りのカレー祭り」とか「社食のストック放出大納会」とか、なにかとイベント好き——というか、常に「何かやってやろう」と企《たくら》んでいる、これまたちょっと変わり者だ。

今年の恵方巻きは「やってやりますよ」の宣言通り、肉野菜炒めを芯にして、それを酢飯の代わりに焼きそばで囲み、その周囲を薄焼き玉子で巻いた挙げ句、持ちやすいようさらに厚手の海苔《のり》を巻いた「オム焼きそば太巻き」を考案。それが好評でお持ち帰り希望が殺到したため、午後四時まで追加で二十本ほど巻き続けていたのは記憶に新しい。

「どうしたんですか？」

「いやぁ。なんか、寝ちがえたんスかね。先週末から肩が痛くて仕事にならないんで、痛み止めでももらおうかと思って」

「……大丈夫ですか？」

「ランチの仕込みは、終わってますよ？」

「や、そうじゃなく」

なんだかお昼のことしか考えていない人みたいに思われているようだけど、実際に少しだけ脳裏をよぎったのは事実なので、あながち間違いとも言い切れないのが悲しい。

「どうしたの、大将」

初診のカルテを作り終わる前に、先生が診察ブースから顔を出した。

おそらく、IDカードを通した時点で気づいたに違いない。

「あ、すいません。なんか、寝ちがえたっぽくって」

「首？　肩？　どのあたり？」

「肩っスね。こうやって――痛《いた》たたた！」

ゆっくり左肩を回そうとして、大将が悲鳴を上げた。

「いいから。診察するまで、ジッとしてて」

病院で医師が診察室から出てきて話をしたり診察したりする光景は、非常に珍しい。だいたい医師は電子カルテの前から動くことはなく、なんだったらキーボードを叩《たた》く手を止めることもなく、視線すら合わせずに三分で診察終了ということも珍しくない。

注射も採血も検査も、看護師さんに指示を出して終わり。せいぜい、保険診療点数稼ぎに渋々と血圧を測るぐらい――とは、言いすぎかもしれないけど。

クリニック課の何がいいかと言って、あたり前だけど「病院らしくない」「先生が近い」ということではないだろうか。もちろんこの場合の「近い」は、あの物理的な距離感が摑《つか》めていないのとは違う意味でだ。

「あれ？　大将、どうしたの？」

そんなことを考えていると、トイレに行って席を外していた眞田さんが戻ってきた。

「いやぁ。なんか、寝ちがえちゃって」

「えー、そうとは限らないかもよー？」

「ちょっと。ビビらさないでくださいよ」

待合のソファーに座らされた大将は、気づけばふたりに挟まれてしまった。

別に、逃げたりしないと思うのだけど。

「じゃあ、大将。ゆっくり腕を動かしていくので、痛かったら教えて」

「痛いんスか⁉」

案外、大将は逃げそうになっていた。

「まぁ、まぁ」

「いや、眞田さん。マジ、痛いんですって」

「まぁ、まぁ。リュウさんは、無理なことはしないから」

反対側から大将をなだめるポジションは、どうも必要だったらしい。

「脱臼《だっきゅう》を治すわけではなく、腕や肩関節《かたかんせつ》がどの位置に来た時に、どの程度の痛みがあるかを診《み》るだけなので」

「マジで、ゆっくりお願いしますよ!? マジで!」

気にしているのか、気にしていないのか、表情からは読み取れない先生。大将の左腕の手首と肘《ひじ》の関節部分を持ったまま、ゆっくりだけどすべての角度に動かし始めた。

「どう?」

「ブラブラ動かす分には、いいんスよ」

「ビリビリ痺《しび》れたり、チリチリ変な感じがする部分、ある?」

「ないっスね、痛いだけです。それも、腕を上げなきゃ大丈夫なんですけど」

「上げる……か。では、これは?」

犯人が手錠をかけられて逮捕されるように、先生は大将の左腕を背中へゆっくり回した。

「アッ――そこっ、痛たッ!」

「どこ?」

「肩、肩!」

「肩は肩でも、ここ?」

「いやいや、痛たた――背中!? ていうか、肩!」

「了解。では次、ゆっくり上に挙げていくので」

「ゆっくりっスよ! 上はマジで――いててて っ!」

質問で手を挙げるように腕を上げると、キッチンの上棚まではとても届きそうにない低い位置で、すぐに大将は顔を歪《ゆが》めた。

「大将。風呂で頭、洗えた？」

「あー、それも痛いっスね」

「着替えは」

「ちょっと、キツいっすね」

先生がよく言うところの「日常生活に支障を来している」のではないだろうか。

「寝られてる？」

「それ。マジ、それなんスよ。土曜あたりから、マジで痛くて寝れなくて」

寝られないほどの痛みがある割には、何もしなければわりと平気そうなのが不思議だ。

「どっち向きの時、寝られなかったか覚えてる？」

「どっちっていうか、どうやっても寝れないっていうか……」

「じゃあ、こっち来て」

どうやら、診察の続きは診察ブースのベッドで行うらしい。

正直、どうなるのか続きが見たかった。

「続き、見たかったです？」

「い――」

そこまで露骨に顔に出したつもりはないけど、どうやっても眞田さんには隠せない。

「――まぁ、あれだと社食でのお仕事も辛そうですし」

「オレ、医者じゃないんでアレですけど……たぶん、四十肩じゃないですかね」

四十肩と五十肩《ごじゅうかた》の違いはよくわからないけれど、とてもよく耳にする。ただし今までのカンだと、おそらく正式な病名ではないような気がしてならない。

「奏己さん。背中で両手が繋《つな》げますか？」

「……どういう姿勢です？」

「これ」

眞田さんは右腕を首の後ろから回し、左腕を脇腹の後ろから背中に回し、肩甲骨《けんこうこつ》のあたりで軽々と両手を繋いで見せた。

「あー、それですか」

おフロで背中を洗う時も似たような姿勢になるものの、真剣にやってみると、指先がギリギリ触れる程度しか届かない。

「体、硬いです？」

「ま、まぁ……わりと」

正直なところ立った姿勢で前屈すると、必死に指を伸ばしても、つま先まで15センチ以上も届かないぐらいには体が硬い。

「さっきリュウさんが大将の腕を診察してた時、痛くてこの後ろ方向に回せなかったじゃないですか」

「でしたね」

「あとは、着替えたり、頭洗ったりが辛いとか、腕の挙上《きょじょう》が痛くて、運動制限＝肩関節の可動域に制限が出てると思うんですよ」

眞田さんは両腕でバンザイしたものの、片方はピンとまっすぐ伸ばし、左腕は少し曲げたまま顔の前ぐらいで止めて見せた。

「それって、四十肩の症状なんですか？」

「や、確定じゃないです。ともかく『痛み』って基本的に炎症の症状のことが多いですし、可動域の制限＝腕の運動制限があって、夜も痛くて眠れない。でも痺れや、違和感のような感覚の異常はない」

「詳しいですね」

「まぁ、ドラッグストア時代に」

そういえばちょうどショーマ・ベストセレクション棚にも、各種サポーターを取りそろえて吊り下げたばかりだった。

「あと大将、スポーツとか絶対しないじゃないですか」

「え、そうなんですか？」

さすが眞田さんも、大将と付き合いが長いだけあってよく知っている。

「それに大将、あの歳《とし》なんで」

思わず開いていた電子カルテをチラ見《み》してしまったけど、これは個人情報を私的にどうこうしたワケではない。あくまで受付、医療事務というクリニック課での業務上、知り得てあたり前のことなのだと、自分に言い聞かせながら見たら——四十八歳だった。

大将も見た目、かなり年齢不詳だ。

「だとしたら、可能性が高いのは『四十肩／五十肩』。正式名称は——」

そこへ、すごく不満そうな顔をした大将が診察ブースから出てきた。

「森さん。それ、マジなんスか？」

「さっき話した通り、整形外科で除外診断をしてもらってからだけど」

「逆にヤバい病気ってこと、ないっスよね」

「知覚の異常——たとえば痺れや違和感がないので、ヤバい状態ではないと思う」

眞田さんも同じことを言っていたけど、なんだか大将は納得していないようだった。

「じゃあこれ、やっぱ四十肩なんスか？　オレが？」

「だから肩腱板断裂《かたけんばんだんれつ》とか、他の損傷を除外して」

「マジかよ……四十肩とか、もうそんな歳なのかよ」

この世の終わりみたいな顔をして、大将はため息をついた。

「ショーマ。たしか肩関節周囲炎《かたかんせつしゅういえん》のグッズ、ひとそろい置いていたな」

「そろえたばっかだよ。どれが要《い》る？」

どうやら四十肩／五十肩の正式名称は「肩関節周囲炎」という、立派なものらしい。

その字面を見る限り、かなり大変な炎症のような気がしてならないのだけれど、わりとみんな簡単に考えていないだろうか。たしか総務課時代に吉川《よしかわ》課長もなったような気がするけれど、あの時なんて「気づいたら治ってたよ」と自慢そうに言っていた記憶がある。

「肩関節サポーターと、抱き枕。あと肩枕を作るから、タオルケットを縛る何か」

「抱き――」

この、思わず声が出てしまうクセ。なんとかならないだろうか。

「マツさん、興味ある？」

「えっ！　いや、あの……私は、アレなんで」

けっきょく大将のご厚意で肩関節周囲炎の「寝方講座」を見学させてもらったものの、その効果があまりにも劇的すぎて驚いた。

もっとも、一番驚いていたのは大将なのだけれど――。

案の定、翌日から「四十肩」の受診が一気に増えたのだった。

▽　▽　▽

やはり社食は、ライトクの社交場なのだ。

先週始めたばかりの【痛み外来】には、続々と「四十肩」の予約が入り始めた。

「肩関節周囲炎に対するニーズが、かなりあることがわかりましたので――」

実は先生、誰かの前で「講義」をするのが好きなのだろうか。

いや。好きというより、慣れているのだと思う。

たしか大学病院に勤務していた頃は、学生さんや研修医さんに教える立場だったと聞いたことがある。だからこうして、みんなを集めて教えるのが得意なのだろう。もちろん、個別に同じことを繰り返し説明するより合理的、という理由もあるとは思うけど。

「――今日みなさんにお集まりいただいたのは、肩関節周囲炎に関する『基本的な対処法』を覚えて帰っていただきたいと思ったからです」

クリニック課に集まったのは、大将を入れて全部で六人。中には、ご家族がそう診断されたものの、具体的な指導をされなかったので聞きたいという方もおられた。

女性社員も含めて皆さん、やはり四十代が中心。ちなみに四十肩と五十肩はどちらも同じ肩関節周囲炎のことで、発症した年齢で表現が違っているだけだった。

「まず、急性期の対処法から説明します。では、大将」

「うぃっス」

肩関節周囲炎の急性期代表として、大将がいろいろな実演のお手伝い兼お手本になってくれることになっていた。

「大将がつけている、これが『肩サポーター』です」

いつもの作務衣の上から「肩パッド」とでも言うべきプロテクターのようなものが、左肩から二の腕の中ほどまでを包んでいる。そしてそこから伸びるストラップを反対の右脇下に回し、まるで腕が体から取れてしまわないよう、体に固定しているようだった。

「発症から何日までが急性期という厳密な定義はありませんが、『安静にしていても痛い時』はこの時期にあてはまると思ってください。具体的には最低でも一週間ぐらいは、運動療法やリハビリなどは控えた方が無難だと思います」

相変わらず堂々と、そして流暢《りゅうちょう》に講義を進める先生。そういう意味でも、やはり先生は先生に向いていると思う。

「急性期の『痛み』は、イコール『炎症』と考えますので、『炎症期』と呼ばれることもあります。三角巾《さんかくきん》などで吊って固定するという方法もアリですが、それでは日常生活がままなりません。ですからこういった肩用のサポーターで、炎症を起こしている肩関節を必要以上に動かさないよう固定しながら、日々の生活を続けることを最初の目標とします。

傷口をグリグリ動かし続けると、いつまでも傷が治らない――というイメージを持ってもらえればいいかと」

四十肩／五十肩の勉強会に集まった人たちは、この時点ですでに驚いていた。痛くてもすぐにリハビリをしなければダメだと思っていたり、放っておけば治ると思っていたりと、対処法があまりにも人それぞれだった。しかもそんな肩関節周囲炎用のサポーターがあること自体を知らなかったという人が、ほとんどだったのだ。

「必要であれば、ショ――薬局課が仕入れます。もちろん全品、社割で半額です」

眞田さんがショーマ・ベストセレクション棚に各種関節サポーター類を入荷し始めたのをきっかけに、このまえ興味本位でドラッグストアを三店舗ほど巡ってみた。でも「腰」「膝」「肘」「手首」「姿勢矯正」などはあるのに、なぜか「肩」サポーターだけが見当たらなかった。ニーズはかなりあると思うし、他のサポーターに比べて凄く値段が高いわけではない。理由がわからなかったので眞田さんに聞いてみたけど、なんでも知ってそうな眞田さんでさえわからないようだった。

「大将。使ってみた感想としては、どうですか」

「そっスね。仕事してても『ムダに痛い』ってことは、圧倒的に減りましたね」

なんだか通販番組みたいになっているけれど、素直な感想なのでヨシとしたい。

「こうして日常生活をしながらも安静を保ち、炎症期の強い痛みに対しては『抗炎症鎮痛剤』の頓服ではなく、一日三回などの内服をおすすめします」

「え？　痛み止めを、毎日飲むんですか？」

やはり参加者の方たちも、大将と同じ疑問を持ったようだった。

普通、痛み止めは痛い時だけ——つまり、頓服だと思いがちだ。

「もちろん痛みの程度によりますが、基本的に『痛みを我慢する』というのは間違っています。そもそも目的は『鎮痛作用』だけでなく、『抗炎症作用』でもありますし」

痛みを我慢しても早く良くなるわけではない——先生にそう言われて最初は納得したものの、同じ痛みに対しても感じ方は人それぞれなワケで、ずいぶん幅が大きいのではないかと思った。かといっていつまでも痛いと感じて延々と鎮痛剤を飲み続けるのも問題だろうし、なんとも「痛み」は管理が難しいものだ。

「次に炎症期の最も辛い症状のひとつである『痛くて寝られない』場合の対処方法について、実演を交えてご説明いたします」

先生がそう言うと、大将は処置ベッドに座った。

これはわりと辛い実演らしいので、最初は眞田さんがやる予定だった。でも大将が「それじゃあ、リアリティがないっしょ」と、自ら進んで引き受けてくれたのだ。

「まず、そのまま仰向《あおむ》けで寝ることは不可能だと思ってください」

参加者一同、うなずいている。それほど、四十肩での仰向け寝は痛いのだろう。

「原理から説明します。仰向けで寝ると、肩関節は重力の作用で体の水平面に対して下がってしまい、炎症を起こしている部位にテンションがかかることで痛みを引き起こします。しかし痛い方の肩を上にして横向きになっても、痛くて眠れない。この姿勢での痛みは、肩関節が胸側に落ち込んでしまい、やはり炎症を起こしている部位にテンションがかかることが原因です。もちろん、痛い方の肩を下にして寝ることはできません」

仰向けでも寝られず、横向きでも寝られない。では、どうやって寝ているのだろうか。腰痛で失神したことがある身としては、痛みで眠れない夜に対して心から同情する。

「それでは、マツさん」

「あ、はい！」

用意したのは「抱き枕」と「肩枕」のふたつ。抱き枕は、普通の枕ぐらいのふわふわクッション。肩枕はタオルケットを棒状に丸めて、ヒモで縛ったお手製だ。

「寝る時の痛みの原理を思い出してください。仰向けで寝る時の痛みは、肩関節が体の水平面に対して重力により下がってしまうことが原因。ですからこのような『肩枕』をご自宅にあるタオルケットなどで作ってもらい、左肩側に置いて寝ます。さ、大将」

大丈夫だとわかっていても慎重になるほど、仰向け寝は痛いらしい。

左側にお手製の肩枕を置き、ゆっくりと体を横たえた大将。この時点でようやく肩サポーターをはずし、体と肩枕の位置を微調整しながら仰向けになった。

「おぉ……」

「……すごい。寝れるんだ」

どよめきが自然に出るほど、四十肩の人たちにとっては画期的なことらしい。ちなみに大将がこれを初めて処置室で経験した時も、痛みではなく驚きの方で声を上げていた。

「大将、どうですか」

「ウチのはもうちょっと、硬めにしてます」

「なるほど。軟らかすぎても、肩関節が落ちてしまいますからね」

「あと、オレにはもうちょっと低い方がいいですね」

「大将は自宅で、何を肩枕に？」

「最初はタオルケットを巻いてビニール紐で縛ってたんスけど、オレにはバスタオルが丁度よかったですね」

「なるほど。皆さんも『肩枕はこれ』と決めつけずに、自分にあった素材と大きさを、ご自宅でいろいろ試してみてください」

そして四十肩の「寝方講座」は、次に重要な「寝返り」の項目に移った。

「人は残念ながら、同じ姿勢のまま寝続けることはできません。かといって無防備に寝返りをうって横向きになれば、痛みで目が覚めてしまいます」

気づけば皆さんと一緒に、思いきりうなずいていた。

寝返りの痛みで夜中に目が覚める、あの苦痛と苛立《いらだ》ち——そして寝不足の朝は、腰痛持ちにも共感できる。

「そのために重要なのが『抱き枕』です。では、マツさん」

「はい！」

肩枕と抱き枕を手渡しする係は、本当に必要だったのだろうか。なんとなく先生の助手的な感じがして気分がいいので、問題はないのだけれど。

「抱き枕は仰向けの時から、痛みがある方の腕で抱えて寝てください。大きさは好みでかまいませんが、なるべく軽い物の方が負担にならなくていいと思います」

左側に肩枕を置いた仰向けの大将は、可愛《かわい》らしいうさぎちゃん柄のクッションを、左腕で胸元に抱いた。眞田さん、もう少し柄を選べなかったものだろうか。

「では、大将。寝返りをお願いします」

大将が右側にゆっくり寝返りをうつと、ちょうど左腕がうさぎちゃんのクッションを抱きかかえる形になった。

「そうか……そういうことか」

勘のいい皆さんは、もうお気づきのようだ。

「そうです。横向きの姿勢は肩関節が胸側に落ち込んでしまい、炎症を起こしている部位にテンションがかかることが原因でした。ですからこうしてクッションを抱きかかえることで、横を向いても痛い方の肩が胸側に落ち込まないようにするのです」

「あの……ちょっと、写真撮ってもいいですか？」

「あ、私も」

たしかにこの姿勢、画像に残しておきたいだろう。

でも大将、わざわざ笑顔を作ってピースサインをする必要はないと思います。

「一応、大将の首から上は画面に入れないでくださいね」

「え？　オレ、ちゃんと髭は整えて来ましたよ？」

「いや、そうではなく」

こうして炎症期の山場である「固定方法」と「寝方講座」は終了。

次は、いよいよリハビリの実演だ。

「さて。痛みが和《やわ》らいできたら、次は拘縮期《こうしゆくき》と回復期です。亜急性期《あきゆうせいき》や慢性期などの呼び方もありますが、要は安静時の痛みがなくなった、あるいは軽くなった以降で、リハビリを開始する時期ということです」

ここで、講義に参加していた男性から質問が出た。

「私は炎症期を過ぎたと思うのですが……あと、どれぐらい続くものなんでしょうか」

たしかにハッキリわからなくても、いつまで痛みが続くのか目安がないと辛い——というか、ゴールのないマラソンは走り出す気にさえなれない。

「そうですね。急性期＝炎症期で一、二週間。次は拘縮期で、ざっくり三か月。最短の回復で六か月を、病勢《びょうせい》の区切りにしていただければ」

「三か月ごと……半年、ですか」

「焦りは禁物です。ただし、この時期になってもずっと安静にして動かさないでいると、肩関節の炎症部位が癒着《ゆちゃく》してしまい、以前ほど動かせなくなる場合があります」

総務課の吉川課長が四十肩を語る時、必ずと言っていいほど「気づいたら治ってたよ」と得意そうな顔をする。痛い痛いと言っているうちに気づけば動かせるようになっていたらしいけど、どれぐらいで治ったのか聞いても「一年ぐらい？」と、本人もよくわかっていなかった。そのことを先生に聞いたところ、ただ運が良かっただけで、場合によっては肩を動かせる範囲が狭くなり、可動域が以前の95％程度までしか回復しないことも十分にあり得るらしい。実際に吉川課長も、本当に以前と同じ範囲まで肩が動かせるかどうか、定かではない可能性があると先生は疑っていた。

それを予防するのが、これから実演するリハビリだ。

「では大将はまだ炎症期なので、ここからはマツさんに実演をお願いします」

「はい！　よろしくお願いします！」

前に「考え上手になる講座」で実演した時より、今回は圧倒的に簡単だ。

とはいえ、数人でも人前は人前。たとえ場所は見慣れた処置室でも、やはりトイレに行きたくなる。それでも以前に比べればずいぶん軽くなったもので、ガマンできずにトイレに駆け込むことはかなり減った。

「まずは炎症期を過ぎたばかりで、腕を動かすのがまだ怖い人のリハビリから――」

座った姿勢で水の入った５００㎖ペットボトルを持ち、肘を体にぴったり付けたまま、手でラベルを見るように腕を直角に曲げて固定。そのまま肘から先だけを、横に20回振る。これが肩の深い部分にある関節を安定させる筋肉群の、お手軽リハビリ。なにより特別な器具も要らないし、座ってできるのがいい。

「ではペットボトルを使った、もうひとつのリハビリを――」

今度は痛みのない方の手を壁などにつき、体を前屈させて直角に曲げる。ペットボトルは痛い方の腕で持ってだらんと垂らし、振り子のようにブラブラと前後に20回揺らす。当然ながらブンブン振ると痛いだけで、炎症がぶり返すかもしれないので気をつけること。

「――次に、肩甲骨を動かします。腕を『バンザイ』する時の約三分の一は肩甲骨の動きだとも言われていますから、肩関節周囲炎のリハビリでも重要な部位になってきます」

ここからはペットボトルも使わないので、もっと簡単になる。両肩を耳にギュッと近づけるようにすくませて、力を抜きながら「ゆっくり」下げる。これも20回行うのだけど、注意点はひとつ。肩を下げる時に「ストン」と落とさない。これをやるとあたり前だけど、肩がメチャクチャ痛いらしい。

「もうひとつ、これも肩甲骨を動かすリハビリです――」

肩甲骨を背中に寄せるように胸を張って、ゆっくり元に戻すだけ。これも座ったままできる簡単なもので、20回行う。

「さて。これを一日一回か二回、一週間ほど続けたら、いよいよ肩関節が固まってしまう『拘縮《こうしゅく》』を予防するためのストレッチを組み込みます。もちろん、さっきまでのリハビリも続けながらですが」

「えっ！　増えるんスか⁉」

大将が、露骨に嫌そうな顔をした。

「追加です」

「……マジか」

肩が元通りに動く可能性を捨てないよう、ここはがんばって欲しい。

「ストレッチの基本的な目的は『元の高さまで腕が挙げられるようになる』ことです」

一番簡単なのは、まず痛くない方の手を伸ばして、壁のどこまで届くかテープを貼る。もちろん、背伸びはナシ。そこが、改善の到達目標ということになる。今度は痛い方の腕をできるだけ伸ばして30数える。できれば、これを2セット。もちろんタイマーをかけて、一分がんばるのもアリだ。

「あとは肩のストレッチですので、どこかで見たことがある動きかもしれません」

ここからは、座ったままできるストレッチだ。痛い方の腕を首に回すようにして、痛くない方の手でそれを支える。これもひどく痛むまで回さないように注意して、30数える。

「それから体を回旋《かいせん》させるのも、実は肩や肩甲骨のストレッチになります」

お祈りするように両手の指を組んだまま、両腕を前に出す。痛い側の腕は完全に伸ばすことはできないので、できる範囲でいい。そして背筋を伸ばし、左右にゆっくりと体を捻《ひね》る。これを20回。

「今度はその両腕を、前方に伸ばしましょう」

背中が丸くならないよう背を伸ばしたまま、両腕をできるだけ突き出す。これをやると明らかに肩甲骨というか、背中が少し「開いた」感じがする。これも20回。

「最後はちょっとキツいですが、その手を組んだままの両腕で、背伸びをしましょう。もちろん痛い方の腕はまっすぐ伸びませんが、それが伸びるようになるのが目的です」

この実演を練習していて思ったのだけど、これは四十肩の人ではなくても、デスクワークで肩が凝るような人には、いいストレッチになると思った。この実演の練習をしていて、最近なんとなく肩が軽くなった気がするのだ。

「はい。最後にその背伸び姿勢のまま、体を左右にゆっくり3回ずつ傾けましょう」

今、脇腹が「ピシッ」といったような気がする。

これを続けたら、少しは体が軟らかくなるだろうか。

「以上で肩関節周囲炎に関する自己管理講座『痛いの痛いの飛んでいかない』を終えますが、なにかご質問があれば」

先生、質問があります。その講座名、なんで誰にも相談せずに決めたんですか。

「あの、基本的な質問で恐縮ですが……」

「かまいません。どうぞ」

「……四十肩になる原因って、何なんでしょうか」

あっ、先生！　それにはちょっと、言葉を選んでから――

「主に加齢です」


――という心の叫びが、届くはずもない。

「そう、ですか……」

「……やっぱ、歳か」

肩の痛みだけでなく、心の痛みも伴う。

それが四十肩／五十肩――肩関節周囲炎の、もうひとつの症状ではないかと思った。

【第二話】内偵課捜査官と呼ばれた男

四月といえば、まだ花粉症。

診療報酬《レセプト》病名付けでも、嘘偽りなく「アレルギー性鼻炎」「アレルギー性結膜炎」あるいは「花粉症」と入力できてありがたい。

実は花粉症以外での鼻や目の症状に対して先生がお薬を処方しても、だいたい「アレルギー性○○」の病名がポップアップで主張してくる。要は「抗アレルギー剤」「抗ヒスタミン剤」系の薬を処方すると、それに対して別にアレルギーではなくても、診療報酬を請求する都合だけで選択肢に出てくる。

理屈ではわかっている。

これでいいのだ。これを患者さんの「病名」にするのが、日本の保険診療なのだ。

でも、なんかモヤモヤするのも事実。

その点、この時期は心が穏やかになる。なぜなら皆さんにはキチンと採血をしていただいて、アレルギー反応を引き起こす抗原《こうげん》が何かを特定して、その反応はどの程度出ると予想されるか、先生がちゃんと正しく評価しているから。

つまり皆さん、間違いなく花粉症ということ。ためらうことなく、清々《すがすが》しい気持ちで病名に「アレルギー性鼻炎」「アレルギー性結膜炎」「花粉症」を付けていいのだ。

なんとなく花粉症っぽい症状があるから薬を出されているとか、花粉症かどうかさえわからないけどこの季節はとりあえず薬を飲んでいるとか——ライトクにはそういう人がいない、と胸を張って言えるようにすることが、先生の目標らしかった。

「内田《うちだ》さん。お会計——あっ。抗アレルギー剤、決まったんですね」

総務課時代はそれほどやり取りがなかったのに、クリニック課へ異動になってから話をすることが増えたという人がわりといる。内田さんもそのひとりで、同じ総務課に七年もいたのに、せいぜい「娘大好きパパ」としか知らなかった人だ。

「そうなんですよ。これで四剤目だったので、今年は『ハズレ薬』が判明するだけで終わるのかと、ヒヤヒヤしてたんですけど」

よく聞く花粉症あるあるに「今の薬はあまり効かないので『もっと強いヤツ』をください」というのがある。

いわゆる花粉症の薬は「抗アレルギー剤／抗ヒスタミン剤」と呼ばれるものが大半で、他の系列の薬剤も合わせると十種類以上あるらしい。

でもその違いは「強い／弱い」ではなく、この薬はアレルギー反応の「この経路」と

「この経路」を抑え込む、という「作用機序」の違いだけなのだという。だから花粉症の薬選びは、飲んで効くか、眠くならないか、という個人差の問題——つまり、その患者さんに合った花粉症の薬がどれなのか、ひとつずつ探していく作業にすぎないのだ。

「よかったですね」

「いやぁ。花粉症の薬ってどれも似たようなものだと思ってましたけど、ホントに効く時って、こんな感じなんですね」

「そんなに」

「鼻をかみすぎて、鼻の中や鼻の下がヒリヒリ痛くならない春って、いいですよ」

これもまた【痛み外来】のひとつ——というには、ムリヤリ感が否めなかった。

そんな花粉症の薬選びにも、ひとつだけ手間のかかることがある。

それはお薬なのだから、飲んだらすぐに効くような気がするのだけれど——これも個人差の問題で——中には効果を体感するまで、二週間ぐらいかかる時もあるそうだ。つまり一剤を二週間ほど飲んでみないと、本当に効かないのかわからないということ。そこを慌てずキッチリ評価していかないと、実は効く抗アレルギー剤なのに、候補から外してしまうことになるのだ。

もちろん効くからといって、眠くなるのをガマンするのはダメだと先生は言う。全種類、さまざまな組み合わせを試してみても、本当にそれしか選択肢がない場合以外、花粉症を楽にするはずの治療で日常生活に支障が出てしまうのでは、本末転倒なのだ。

だから効果がなかった、あるいは効果はあるけど眠くなった場合、別の抗アレルギー剤をまた二週間試す。それでダメだった場合、また次の抗アレルギー剤を――と二週間ずつ試している間に、花粉症のシーズンが終わってしまうこともある。これが内田さんの言っている「ハズレ薬が判明するだけで終わる」という意味だけど、もちろん悪いことばかりではない。効かない抗アレルギー剤がわかったということは、消去法で効く抗アレルギー剤まで近づいたということでもある。

ただし残念ながら、それは来年に持ち越しになるのだけれど。

「ではこちら、診療明細になります」

内田さんの処方箋を手にした眞田さんが、隣で満面の笑みを浮かべていた。

「あれ……処方箋は」

「お預かりしてまーす」

「あ、そうでしたね。薬局窓口、ここへ移転したんでしたね」

「お掛けになってお待ちくださいねー」

薬局窓口を移設してから、眞田さんは毎日ご機嫌。

もっとも不機嫌な顔なんて、ほとんど見たことがないのだけど。

そんなことを考えていると、総務課時代にお世話になった青柳さんが、予約時間のピッタリ五分前にやってきた。

「あら？　内田さん」

「お。青柳さんも受診でしたか」

「花粉症、どうです？」

「いやぁ、それがね。ついに『当たり』が見つかったんですよ」

「良かったじゃないですか。毎年、辛そうでしたもんね」

「今日はお祝いに、社食で『働き盛り』の定食でも食べようかなと」

時刻はお昼の十二時十分。

やはり「受診はお昼に合わせて」というのが、圧倒的に多い。

「内田さーん。お薬、用意できましたよー」

「もう？　じゃ、お先に」

ソファーを立つ内田さんに軽く会釈して、青柳さんは診察券代わりのＩＤカードを、非接触型カードリーダーにかざした。

「お疲れさまです、青柳さん」

ふふっ、と笑った青柳さん。

しまった。もうすでに、何かやらかしてしまったかもしれない。

「あ、ごめんね。なんだか、受付さんと患者っぽくないと思って」

「え――あ、すいません！　つい」

「いいの、いいの。それがクリニック課の、いいところなんだから」

総務課時代におんぶに抱っこで面倒を見てもらっていた、永遠のメンター青柳さん。

とはいえ、こんな公私混同をしているようでは、受付失格だ。

「……えっと、今日は」

「いつもの、これの経過報告」

指さしたのは、まぶた。青柳さんの眼瞼《がんけん》ミオキミア――いわゆる「まぶたのピクつき」は、だいぶ減ってきたように感じる。それはつまり、新人教育で担当していた中途採用の佐伯さんも、そろそろ手が離れてきたということだろうか。

「なんとなく、ですけど……減ったような気がします」

「でしょ。佐伯さんも、だいぶ総務課の仕事を覚えてくれたし――」

そう言うわりに、青柳さんの表情はいまひとつだった。

「そうなんですね」

「松久さんって、昔から正直だなぁ」

「……え？」

「顔に書いてあるよ？　『でも、完全には消えませんね』って」

「な――」

やはり永遠のメンター青柳さんには、なにも隠せないらしい。

口元に笑みを浮かべたあと、青柳さんは小さくため息をついた。

「佐伯さん。いつも午後から、決まったように【社内児童クラブ】に行ってるでしょ」

「ですね。とくに低学年の子どもたちには、すごく人気ですよ」

現時点では社内児童クラブに必要な学童指導員は、各部署から「希望」を募って捻出《ねんしゅつ》している。これは三ツ葉社長が、学童指導員に興味のある社員が上長に希望を出せば、それを「社内業務」として認める権限を各部署の役職付き社員に与え、社内児童クラブに受け入れる子どもの上限人数は、その学童指導員の人数によって決めると通達したのだ。

でもそれは、この四月までの仮措置だったはず。

今期からは学童指導員を社外から雇い入れる予定で、先生はその候補に「潜在保育士さん」と呼ばれる方たちを挙げていた。そのための資金も調達してある――にもかかわらず、監査室と経営企画室から「待った」がかかったのだ。

「そうね。うちの想《そう》も、佐伯さんのこと好きみたいだし……そのお陰なのか、学校からの呼び出しもほとんどなくなって、今じゃ学校よりも、社内児童クラブに行きたくて仕方ないみたいだし」

「そうなんですか。想くん、だいたい佐伯さんと一緒に遊んでますもんね」

「でもそれ、なんか複雑な気分でさ――」

佐伯さんは青柳さんの手を離れ、悩みだった小学校からの呼び出しもなくなった。

それでも青柳さんの眼瞼ミオキミアが完全に消えないのは、なぜだろうか。

「——吉川課長がね。まるで決まったように、佐伯さんを学童指導員に指名するの」

「あ……」

「たしかあれって、希望制だよね？」

「……ですね」

なんとなく、青柳さんの考えていることがわかったような気がした。

「せっかく総務課の仕事を覚えてきたのに、毎日午後から社内児童クラブでしょ？　いくら向いてるからって、一日の半分以上を総務課以外へ……まるで追い出してるっていうか、厄介《やっかい》払いしてるような気がして」

青柳さんはそんな課長の方針に納得できないけど、そのお陰で想くんの呼び出しはなくなり、佐伯さんと楽しく社内児童クラブで過ごしている——それが新たに相反《あいはん》する感情となって、青柳さんの眼瞼ミオキミアを誘発しているのではないだろうか。

そんなことを考えていると、先生が診察ブースから顔を出してきた。

「お待たせしました。青柳さん、どうぞ」

「ごめんね、松久さん。どうしようもないこと、愚痴っちゃって」

「いえいえ。とんでもないです」

診察ブースに入って行く青柳さんの背中を見送っていると、連絡用に付けているインカムから先生の声が聞こえてきた。

『ありがとう』

「……ん？」

ここで先生が、お礼を言う意味がわからない。

「あれですよ、奏己さん――」

眞田さんには、その意味が理解できたらしい。

「どれです？」

「例の『話され上手』ってやつ」

「……どのあたりが、それだったですかね」

ただ単に先生が診察ブースへ呼び入れるまで、青柳さんと受付で話していただけ。それを「話され上手」と呼ぶのは、あまりにも買いかぶりすぎている。

「前の患者さんがもういないのに、リュウさんが次の青柳さんを呼び入れるまで、いつもよりかなり遅かったと思いません？」

すでに内田さんはお薬をもらって、クリニック課を後にしている。

たしかにいつもの先生の診療スピードに比べると、遅かったかもしれない。

「まぁ……言われてみれば」

「ちなみに、リュウさん。一回、診察ブースから顔を出してますからね」

「えっ!? じゃあ、私が青柳さんを引き止めちゃって――」

眞田さんは、穏やかな顔で首を振った。

「そうじゃなくて。ある意味、奏己さんがリュウさんの代わりに、青柳さんの診療を終えちゃったってことですよ」

「……はい?」

「あれはリュウさんの【痛み外来】では、どうしようもない【痛み】ですからね」

先生と眞田さんが何を言っているのか、けっきょく最後までわからなかった。

▽ ▽ ▽

そんな四月から本格的に始まるはずだった、社内児童クラブ。

ライトクの組織図としては、「クリニック課」の直轄部署として新しく組み込まれた「子育て支援室」が管理運営することになっている。

課の下位部署は室――だから、子育て支援室。

これを提案したのは先生だという話だけど、珍しくいい感じのネーミングだと思った。

「ショーマ。すまないが、そろそろ――」

「あ。もう、そんな時間か」

「――患者さんが来たら、すぐ呼んでくれ」

「はいよー。いってらっしゃーい」

「では、マツさん。行こうか」

「はい！」

ただし専任の室長は未定で、今はクリニック課が管理運営している。つまり先生が「クリニック課の課長」兼「子育て支援室の室長」ということになる。そして正式に配属されている社員は、パートなども含めてゼロだ。

「マツさんは、大丈夫だろうか」

腰痛体操も兼ねて、階段で五階の社内児童クラブを目指していると、不意に隣の先生から心配されてしまった。

「階段、ですか？」

「いや、もちろん腰痛も心配なのだが――」

違った。だとしたら、何のことだろう。

「――最近、負担が多くなっていないかと」

「負担……」

腰痛のことでないなら、心理的な負担ということだろう。だとしたら思い当たるものがないというか、申し訳ないぐらい楽しく仕事をさせてもらっている。

「たとえばこうして、二時間ごとに社内児童クラブを見回っていることなど、本来は受付や医療事務の仕事ではないわけで」

「あ、このことですか」

小学校一年生ならへタをすると給食を食べて掃除や何やらを済ませれば、四時間授業の日は午後一時半ぐらいに下校時刻を迎える。五時間目がある日でも、午後三時過ぎ。二年生になると六時間目のある日も始まるとはいえ、それでも午後四時過ぎには終わる。クラブが始まる四年生以降になって、ようやく下校時刻が午後五時をすぎるようになる。

これに合わせて保護者が帰宅するのは、非常に厳しい――というより、ムリ。これが保育園時代とはまったく違う問題、いわゆる「小1の壁」だ。

そこでライトクの社内学童クラブでは、そういったバラバラな時刻に終わる子どもたちを、社用車のミニバンで迎えに行くことにした。ドライバーは物腰の柔らかい男性で、以前は「チャイルドタクシー」という、学校や塾まで親に代わってドアtoドアで送迎をしたり、乳幼児の里帰りや病院への通院をチャイルドシート付きでお手伝いされたりしていた経験の持ち主である、川人《かわひと》さん。四十歳を契機にセカンドライフを考えていたところ、三ツ葉社長から直々に声をかけられたらしい。話によると、希望があれば午前中は個人タクシーとして稼働しても良いと、許可をもらっているのだという。

つまり所属は子育て支援室ではなく、三ツ葉社長の直属ということ。このあたりも、社内児童クラブが完全に確立されていないことを意味している。

「見回りは本来、室長である俺の仕事。マツさんは関係ない」

「でも、とくに負担ではないですけど……」

先生は毎日、最初の子どもたち——小学校一年生がやってくる午後一時過ぎに、社内児童クラブを視察する。それ以後も患者さんが途切れたら、だいたい午後三時、最後は午後五時前後に顔を出す。そこで子どもたちの様子を観察するのはもちろん、学童指導員に手を挙げてくれた社員たちのサポートから指導までを行っている。

そして残業の社員が出たら、そのお子さんたちの延長はすべて、先生と眞田さんのふたりで面倒をみている。

経営陣が社内児童クラブの実態に納得するまで、早くても下半期まで——下手をすると来年度までの一年間、この業務形態を続けなければならない。どう考えても負担になっているのは、先生の方だと思う。

「……逆に、先生の方が大変じゃないんですか？」

「俺？　なぜ？　ぜんぜん？」

「大丈夫なら、いいんですけど……」

「昼夜を問わず呼び出されることのない『完全な休日』が夏休みの七日間しかなかった大

学病院の時代に比べれば、大丈夫だ問題ない」

「えっ！　年に七日⁉　お盆や、年末年始は」

「ない。話したことがなかっただろうか」

前に先生の昔話を聞いた時には出てこなかった、超絶エピソードだ。

「それに『課長』で『室長』というのは、なかなか強そうだと思う」

ちょっと「強そう」の意味がわからない。

「強いっていうのは……手当とか、ですかね？」

「手当？　ぜんぜん？　これは全体予算が通るまでの、仮措置なので」

「でも、本社の予算は通ったんですよね？　予算が通ったのなら」

「それ」

「……どれでしょうか」

「本社だけというのが、よくない。おそらく生産本部や運送事業部などの社員から不公平だと不満が出るだろうと、ミツくんが悩んでいた」

「まさか……」

「正式に全体予算が通るまで、手当は俺が断った。無給の社内ボランティアの上に立つひとり室長だけが手当をもらうというのは、会計処理上の『見た目』が悪い」

たしかにそこだけ聞くと、なにか悪いことをして搾取しているように思われそうだ。

「じゃあ、社内ボランティアで来てくださってる方たちに、手当は」

「あれは『社内業務の一環』という体《てい》のものなので、手当に名目が付けられない」

「ぐ……」

どうやら、退路をすべて塞《ふさ》がれているらしい。

「もちろん『やれる人間がカバーすればいいだろう』という、短絡的なシステムは長持ちしないので好きではないが、それはミツくんも同じ考えだ。ただこれは全部、わかった上でのことであり……まぁ、俺はミツくんに借りもあるので」

役職が増えて仕事も責任も増えただけなのに、個人的な義理人情を優先したらしい。いったい三ツ葉社長に、どんな借りがあるというのだろうか。

「逆の逆で、俺が不在にしているクリニック課にマツさんがいても受付ですることがないだろうし、やって来た患者さんの対応はショーマだけで十分だろうと思い、こうして同行してもらっているのだが——」

もう「逆」の意味がわからなくなってきたので、今後は使わないようにしよう。

ともかくクリニック課に患者さんが来たら眞田さんから連絡が入り、すぐに階段を駆け下りて戻る。これも社内児童クラブの人員配置が解決したら——つまり監査室の業務監査を経営陣が納得してくれたら、マンパワーの補充で先生の負担はかなり減るだろう。

それまで「補佐」という名で、なぜか同行のご指名をいただいたのだった。

「――マツさんは、大丈夫だろうか」

再び、会話が振り出しに戻ってしまった。

「大丈夫です」

「本当に負担は？」

「ないです」

そのあたりは断言できる。

子どもたちの「指導」はできないものの、正直なところ低学年の子たちと遊ぶのは楽しい。少なくとも、安全のための「見守り要員」ならできそうだし。

「そうか、よかった。実は佐伯さんが学童指導員をずいぶん気に入って、将来的には俺と同じ放課後児童支援員の資格を取りたいと言うので」

「あ、そうだったんですか」

皮肉にも青柳さんの心配とは裏腹に、佐伯さんは総務課の業務よりも社内児童クラブの方に興味がありそうだし、実際に見ていても向いていると思う。このことを、青柳さんに教えてあげていいものやら――あとで、先生と相談だ。

とはいえ、なぜ急に佐伯さんの話をするのだろうか。

「社内児童クラブでの実務経験が二年以上経てば、放課後児童支援員認定資格の研修を受けられるようになる。そうすれば、マツさんも――」

「えっ！　私のことですか⁉」

「――誰の話だと？」

どう考えても、佐伯さんの話ではなかっただろうか。

そもそも先生に同行して子どもたちを見守っているだけで、実務経験と呼べるはずがない。それに自分が児童クラブで放課後児童支援員になるだなんて、まったく想像したこともないし、ムリに決まっている――と考えて、デジャヴに襲われた。

「あ……」

医療事務の資格を取る時、これとまったく同じことを考えた。

自分磨きをするつもりのない人間が認定資格を取るはめになるとは、まったく想像もしていなかった。与えられた社外研修という名の猶予は、三か月。それは辞令であり命令なので、泣きながら断ることもできなかった。だからといって不合格になれば、三か月も遊んで給料をもらっていたと思われる状況。

こんなのムリに決まっている――その結果、今に至る。

そこで、今までなかった考え方を手に入れたのだ。

――どうせダメなのだから、やってみて上手くいけば超ラッキー。

どうせダメなのだから「やらない」という選択は、自己評価を下げないという意味では正解だと、個人的には思っている。

ただ、チャンスは確実に逃してしまう。

つまり、どうせダメだから「やってみる」と「やらない」の違いは、「やってみる＝良いこと」「やらない＝悪いこと」ではなく、「運が良ければ何かが手に入るクジを引いてみること」と「自己評価を下げるリスクを避けること」の違いではないだろうか。

そう自らの体験から語れるのは、これが生まれて初めてかもしれない。

「……そうですよね。なにごとも決めてかかるのは、よくないですよね」

「そう。なにごとも、決めてかかるのは……ん？　誰が？」

「いえ、私が」

「なにを？」

噛み合わないままでも会話は進むものだと、別の角度で驚いた。

今までは必死に思考回路を回し続けた挙げ句に返す言葉が見つからず、会話のキャッチボールに失敗してフリーズすることが普通にあった。

それをなんとかしようと考えに考え抜いた結果、むしろ考えるな感じろとばかりにインパラ・センサーが発達し、それで会社というサバンナを生き延びてきたのだ。

それなのに、そんなことすら考えなくていいなんて――。

「……マツさん?」

「あ、すいません。気が楽だな、と思って」

「そうか。それはよかった」

先生は珍しく、はっきりと口元に笑みを浮かべていた。

今の先生だって、どこまでわかった上で「それはよかった」と言っているかわからない。でも「気が楽だ」と言われたから「それはよかった」と返してくれた。仕事や大事な話でもない限り、会話のキャッチボールなんて、そんなものでいいのかもしれない——。

そう思えるようになったのも、クリニック課へ異動になったお陰だった。

▽　▽　▽

こうして、あらためて社内児童クラブを見渡してみると。

たしかに学童指導員に手を挙げてくれるのは、だいたい決まった人かもしれない。

本当はもっとたくさんの人に、児童クラブの重要性と必要性を知ってもらいたい。できれば他人事ではなく、義務でもなく、興味として。

「あっ、先生!」

「佐伯さん、お疲れさま。何度も言うが、ここでは室長と呼ぶように」

介護ユニフォームみたいな、オレンジのポロシャツに濃紺のジャージ姿で駆け寄ってきた佐伯さんは、相変わらず生き生きと楽しそうだった。

「はい、先生！」

何もかもがいつも通りのやり取りだと、最近では妙に和《なご》んでしまうから、慣れとは実に恐ろしいものだ。

「ではまず、報告を」

「はい！　在室人数、十二人です！」

「合格――」

先生が入口に掛けられている「入退室ボード」を見た素振りはないけど、やはりすでに確認済みのようだった。

「――それから？」

「一年生、六人。二年生、三人。三年生……えーっと、二人。四年生は……一人です！」

メモを見ながらだけど、入退室ボードの人数と合っている。

「合格。それから？」

「今は、全員在室しています！」

「合格――」

やはり室内にいる児童の人数確認も、入室後の数十秒ですでに終わっていたらしい。

「あたしが担当しているのは、今日は一年生を三人です！」

「――それから？」

「三人か、すごいな」

「ですよね！　あざまっす！」

佐伯さんは、自分なりに頑張れていると思っている。だから先生に「すごいな」と言われて「ですよね」と返した。「あざまっす」が適切かどうかは別として、実は今の会話には何も問題がない。それなのに、違和感を持ってしまう理由――それこそが「謙遜《けんそん》」という概念ではないかと考えるようになった。

最近、佐伯さんを見ていてよく感じるので、調べてみたことがある。

それは、謙遜と謙虚の違いだ。

どうやら謙遜は自分の能力や価値を「下げて」評価することであり、謙虚は相手の気持ちを「そのまま受け入れる」ことらしい。だから佐伯さんは謙遜しないのではなく、先生に言われたままを受け入れているだけなので、今の会話は「謙虚」だということにならないだろうか。

誰かに対して客観的にそういう見方ができると、ずいぶん印象も変わってくるものだと、佐伯さんを眺めていてつくづく思うようになった。

「子どもたちとは、なにを？」

「焼きねんどです！」

「……オーブンで焼いて形成するという、あの樹脂粘土か」

「はい！　今日はみんな女の子なんで、アクセサリーを作ってます！」

「そうか。しかしこんな粘土、よく見つけてきたな」

「想くんが粘土好きじゃないですか。だからあたしも『ゾーケー』に興味が出ちゃって」

どうやらこの粘土を提案したのは、佐伯さんらしい。

狙いは大あたりで、女の子たちは丸いローテーブルにへばりついて、アクセサリー作りに夢中だった。サンプルとして置いてあったのは、星や花や、ちょっと何かわからない動物のペンダント。たぶん佐伯さんが作ったのだと思うけど、わりと色鮮やかな粘土が数種類そろっているので——正直に言うと、やってみたい。

「佐伯さんも、一緒に作っているのか」

「はい！　めっちゃ楽しいです！」

「監督者であることを決して忘れないように」

「はい！」

あやうく敬礼する勢いの佐伯さんは、すぐに女の子たちにジャージの裾を引っぱられ、オーブン樹脂粘土のテーブルに連れ戻されてしまった。

「ねぇ、せんせい。きいろのねんど、つかっていい？」

「いいよ。でもここでは先生ではなく、学童指導員と呼んでね」

「せんせい、せんせい。花がきれいにできない」

「先生じゃなく、学童指導員ね。そういう時は、この竹ベラを使ってみようか」

どこかで聞いたような受け答えをしている佐伯さんをあとに、先生は『キッズコーナー』をチラッと見た。

それは向こうの壁側三分の一で、クッションフロアの上にさらにクッションマットを敷き詰め、縁は座ることも寄りかかることもできるよう、直方体のクッションで『コの字』に囲った、比較的低学年の子や『勉強以外』のすごし方を目的としたゾーン。

残りの小学一年生三人はそこで、なんと人事部の木下《きのした》部長と遊んでいた。

「お疲れさまです、木下部長」

「森先生。お疲れさまです」

「学童指導員へのご参加、ありがとうございます——が、お仕事はよろしいのですか？」

「いいんですよ。私がいない方が、仕事をしやすい時もあるでしょうし」

「しかし、低学年の子たちの相手は……その、体力が要りますが」

相手は小一の男の子、三人。背中に飛び乗るわ、肩にまたがるわ、とりあえずジッとしていないエネルギーの塊《かたまり》。たしか木下部長は五十代だったはずだけど、高学年の子たちの勉強でも担当した方が、よかったような気がしないでもない。

「ははっ、お気遣いありがとうございます。でも私はひとり身なので、家族ができたみたいで楽しいですよ」

安全を考慮してか、木下部長は座ったまま決して立ち上がらない。これなら肩車をしようが、飛び込まれようが、もたれかかられようが、子どもたちの身長の高さを越えない——つまり、転倒はあっても転落の危険がない。男の子相手だからブンブン振り回してあげると喜ぶけど、木下部長はそれをしようとはしなかった。

そのことに安心したのか、先生は何も言わずに頭を下げて次のテーブルに向かった。

「お疲れさま、芳賀さん」

「あ、先生。お疲れさまです」

経理部の芳賀さんは、ローテーブルに紙芝居のようなものを広げ、三人の小学二年生を相手に読み聞かせを始めようとしていた。

「自作ですか？」

「あ、や……ちょっと、見られると恥ずかしいですね」

「とんでもない。どんなストーリーなんですか？」

紙芝居のタイトルは「おかねは　だいじ　だね」——さすが経理部だ。

「……興味深いな。一緒に聞かせてもらっていいですか？」

「えっ！　先生がですか!?」

「こんにちは。ちょっと、俺も座っていいかな」

テーブルの端に座った先生を、子どもたちは怪訝《けげん》そうな顔で見た。

「おかねのはなし、しらないの？　センセーなのに？」

「そうだな。正直なところ、いまひとつ自信がない」

「えー、パパよりダメじゃん」

「ウケるー、センセーなのにー」

「それはマズいな。ということで、芳賀さん。よろしくお願いします」

「おねがいしまーす」

「ウケるー」

むしろ、テーブルが和んでしまった。

「で、では……今日は、昨日の続きから」

どうやらテーマは『どれをえらぼう　おかねは　つかえばなくなるよ』らしい。千円持っていたらどれを買う？　という文字の下には「3枚千円のハンカチ」「2枚千円のTシャツ」「1冊千円の本」「おかし千円分」の絵が、手描きで並んでいた。

実に現実的で、なんとシビアな。

「マツさん。残りの見回りを頼めるだろうか」

「あ、はい！」

小学二年生三人の背中と、先生の背中が並ぶローテーブル。芳賀さんもやりづらいとは思うけど、ここは耐えて欲しい。

「残りは――」

小学三年生二人と小学四年生一人を見つけるのは、簡単だった。

四年生は反対の窓側にある、中、高学年を意識した『自習ゾーン』で勉強している。カフェの窓際に外向きに設置された、ひとりずつ横並びに座れる長テーブルで、一時は憧れた「ノマド・スタイル」というヤツにも見える。

今日この自習ゾーンを担当してくれているのは、法務部に異動して二年目を迎える矢ヶ《やか》部《べ》さんだった。

「お疲れさまです」

「松久さん？　お疲れさまです……けど、先生は」

「あっちで、あんな感じになってます」

「……あんな？」

振り返った矢ヶ部さんは、ローテーブルの様子を見て楽しそうに笑った。

「このあと高学年の子たちも来ますので、よろしくお願いしますね」

「はい」

「ありがとうございます。お仕事に、支障はないですか？」

学童指導員は強制ではなく、希望制。無理やりではないことを常に気にしている先生に代わり、一応聞いてみた。

「大丈夫です。逆に気晴らしというか、元気をもらってるので」

以前は心身症状のひとつである心因性咳嗽《がいそう》が止まらなかった矢ヶ部さんも、今ではほとんど認めなくなっていた。それは少なくとも、心理的葛藤《かっとう》が減ったということだろうか。

「じゃあ、今日もよろしくお願いします」

「はい」

表情も、ずいぶん明るくなったと思う。

「あとは──」

三年生の二人は、石塚さんが面倒をみてくれていた。

「ちゃーっス、松久さん。お疲れ」

各社員の端末への一斉プッシュ通知システムなどでお世話になっている、第三商品開発部──通称・三開の石塚さんは、眞田さんとはまた違った方向に軽い。とくに目上の社員からは「口の利き方がなっていない」とだいたい渋い顔をされるぐらい、すぐタメ口になる。というか、敬語が出てこない。それに、あまり目を合わせたがらない。

それでも三開では問題になることはなく、むしろ技術的には信用されている人。今日は自前のモニターと、何やらゲーム機のようなものを持参してくれていた。

「今日は、何です？」

「CAD《キャド》だよ。こっちは、ゲームのプログラミングができるゲーム」

「キャ……？」

「3D図面作成ソフト。この子、わりとセンスあるんだよ。見て、これ」

どうやら、あの有名な青くて顔の付いた機関車を作りたいらしい。ひとりごとを言いながら、モニター、マウス、キーボードを勝手に触っている。

「子どもだけに触らせて……その、大丈夫なんですか？」

「あー、ぜんぜん大丈夫。わかんなかったら、平気で聞いてくるし」

「……なら、いいんですけど」

ちょっと会話が成立していないような気がするけど、問題ないだろう。

それより、もうひとりの三年生。こちらは黙々と携帯型ゲーム機で遊んでいるだけのように見えるのだけど、好きにさせているのだろうか。

「あ、その子。こう見えて、ゲームを『作ってる』んだよね。ヤバくない？」

「作ってる？」

「プログラミングって言っても、別にみんな将来、IT系になるわけじゃないっしょ」

「ですね」

「なんていうかな……論理的な思考ができるようになっとけとか？　PCぐらい触れるよ

うになっとけとか？　小学校の方針って、まだそういうレベルのとこ多いし」

「あぁ、それで……」

なぜ、ゲームを作っているのだろうか。

石塚さんとの会話も、先生と似たような感じになることが多かった。

でも会話のキャッチボールは、これぐらいでもいいのだ。

「このゲーム。いろんなプログラム要素がキャラになってるんで、それをワイヤーで繋いでいくだけで、シンプルなゲームならけっこうなヤツが作れるようになっててさ」

「……なるほど」

「松久さんも、やる？」

ダメだ。たぶんあと数年で、このジャンルは小学生に追い越されるだろう。

「いえ、せっかくですけど……すいません、急いでますから」

「そっか。じゃ、また」

もっと他に、いい断り方はなかったものだろうか。

そんなことを考えていると、不意に声をかけられた。

「あの――」

「はい!?」

振り返ると、時々クリニック課へ頭痛や腹痛で受診していた男性が立っていた。

「――お忙しいところ、すみません。監査室の、関《せき》と申しますけど」

人あたりの良さを買われて人事部から監査室へ異動になったらしい、ライトク入社十年目の中堅社員、関 凜太郎《りんたろう》さんだ。

「そういえば、今日は」

「すみません。ほんと、お仕事中に業務監査だなんて」

少女コミックの実写版に「さわやか系カレシ役」として抜擢《ばってき》されそうな、カッコいいというより可愛い系だけど、可愛すぎないという絶妙なアラサー男子。高校生の制服ブレザーがグレーのスーツに替わっただけのような、腹黒さとは無縁のクリーンさを感じさせる。

眞田さんと先生がライトクに来るまでは、女性社員の人気ナンバー1《ワン》だった人だ。

「お疲れさまです。先生は、あちらで……まぁ、その……はい」

「ありがとうございます。あ、すみません。前、失礼します。あ、こんにちは。どうも、お邪魔してます」

周りにありったけの気を遣いまくる関さんとは、ほとんどやり取りをしたことがないけれど、噂に聞いていた印象とは少し違っていた。

失礼だけど同じ草食動物系というより、本来は元気で生き生きとした生態の愛玩《あいがん》系小動物が、萎縮《いしゅく》しているように見えてならない。おまけに美肌や色白ではなく、ちょっと顔色が悪くて薄幸そうな雰囲気まで醸《かも》し出していた。

「先生。監査室の関さんが来られました」

「芳賀さん。この場合、貯金をする理由は、ふたつだけではない気がするのだが」

聞いていない。そういえば先生の脳内では、聴覚入力があまり優遇されないのだった。

「ボクも、ボクも！　ボクも、そうおもう！」

「しってるよ？　いっぱいあったら、あんしんだからだよ」

「センセー。ねぇ、センセー。おかねは、なんえんあったら、あんしんなの？」

「そうだな。それは、どういう生活レベルを維持するかによるだろうが――」

子どもたちの先頭に立って「おかねは　だいじ　だね」議論に真剣な顔で参加しているのは、いかがなものだろうか。

「あの……先生？」

やはり、聞いていない。

仕方ないので、肩を叩いて触覚入力で認知してもらうとしよう。

「――ん？　どうした、マツさん」

「こちら、監査室の」

伝え終わる前に、関さんが深々とお辞儀した。

「お忙しいところ、申し訳ありません。監査室の関です」

「お待ちしてました」

間違いなく、芳賀さんの経理紙芝居に夢中だった気がするけど。

「森先生。社内児童クラブに関する詳しい資料、ご提出ありがとうございました」

テーブルのみんなにバイバイした先生は、ようやく立ち上がって本業に戻った。

「どうですか。なにか足りないものはありませんでしたか？」

「いえいえ、とんでもないです。期日にこれだけの資料を準備していただけるだけでも、こちらとしては」

「どうですか。実際に、社内児童クラブを御覧になってみて」

「いいですよね。子どもたち、みんな楽しそうで」

「どうですか。関さんも一度、学童指導員を体験されてみては」

若干、会話が食い気味になっているし、「どうですか」の圧もすごい。

でも、先生の意気込みもわかる気がした。

業務監査といえば不正や不備を指摘する「内偵捜査」や「取り締まり」のイメージが強く、社内では嫌われ者の部署であり、「身内の敵」と呼ばれることさえあった。実際、総務課時代に一度だけ防災訓練に関して監査が入ったことがあったけれど、あの時の課長の態度はひどかった。ミーティングはドタキャンするし、資料はまとめずそのまま丸投げだし、回答期日も無視。監査室のやることなすことに、いちいち嚙みついて大変だった。

しかし実際は業務手順——マニュアルや規定などが明確になっているか、それを部署で共有して正しく理解できているかなどの確認やアドバイスの役割もあるのだと、先生から教えてもらった。逆に言えばそこを監査室に認めてもらえれば、この社内児童クラブがライトクの経営にとっていかに必要であり、間接的とはいえライトクの目指す経営目標と合致しているかを、社長以外の経営陣にアピールするチャンスでもあるのだ。

「僕が学童指導員、ですか？」

「そうです。考えるな感じろ、というやつです」

「なるほど」

なんとなく意味はわかるけど、関さんはどうだろうか。

胸元というか胃の辺りを無意識に手で触る仕草が、なんだか気になる。

「おっ、関くん」

そこへ小学校一年生の男の子三人をぶら下げた、人事部の木下部長がやってきた。

この子たち、真剣に部長の腕や腰にぶら下がっているものだから、腰痛持ちとしては恐ろしい光景以外の何物でもない。その前にこのスーツ、破れないだろうか。

「部長、お久しぶりです。その節は、お世話になりました」

これまた腰が折れたのではないかというぐらい、関さんは深々とお辞儀した。

「そうか。この児童クラブの監査、関くんが担当するのか」

なんだろう。関さんがまた胸元に手をあてたのは、何か意味があるのだろうか。

「森先生。関くんを監査室に推薦したの、私なんですよ」

「そうでしたか」

なぜか関さんは、複雑な表情を浮かべた。

監査室といえば、経営陣側の部署のはず。ここは照れるか、誇らしげな顔をしてもいいのではないだろうか。

「彼はね、愛想がいいだけじゃなく、ともかくフェアなんですよ。そしてよく見てるし、よく知っている。入社面接での『目利き』もいいし、研修、配置、人事考課なんか——」

「あっち、もどろ！　あっちがいい！」

そこで、ぶら下がりっ子たちの一斉コールが始まった。

「もどろ！　もどろ！」

「あっち！　あっち！」

「はいはい、もどろうか。すまんな、関くん。それじゃ」

「とんでもないです」

「ここの監査、よろしくな」

「はい！　失礼します！」

またもや、深すぎるぐらいのお辞儀。

何がどうだとハッキリわからないけど、この違和感はなんだろう。あえて表現するなら

「関さんが関さんを演じている」なのだけれど、誰にも理解してもらえそうにない。

「それで、関さん。提出した資料の評価は、どうでしたか」

先生に聞かれて、関さんはまた胸元に軽く手をあてた。

間違いない。これは絶対、クセなんかではない。その証拠に、顔色も少し悪くなっているような気がしてならない。

「はい。とても整理されていて、すごくわかりやすかったのですが……」

「なにか、不備がありましたか？」

「……実はいくつか、気になる点がありまして」

現状の社内児童クラブが抱える問題点を、関さんは端的に挙げていった。

決定的だったのは、学童指導員を社内各部署からボランティアでまかなっていること。その結果「社内学童指導員」の確保が不安定で、三か月以上先が不透明なこと。そしてなにより学童指導員の「派遣元」部署に、明らかな偏りがあることだった。

「たしかに。それは、否定できないですね」

「ご理解、ありがとうございます」

予定されている学童指導員は、固定とも言える総務課の佐伯さん以外も、だいたい似たような顔ぶれになっている。このままだとマンパワー不足について部署間で不公平感が出てくることは避けられず、これを生産本部や運送事業部などへ順次導入するのは、手順や規定としても不備になるだろうと、関さんは言う。

「ですが資料にもありますように、俗に『潜在保育士』と呼ばれている方々の雇用を予定しております。保育士さんの離職理由として多いのは、給与、労働時間、濃密な人間関係、業務の過負荷、保護者のクレームなどが挙げられておりますが、そのあたりはこの児童クラブだと、容易にクリアすることができます。そうすれば——」

先生がその指摘について回答していると、関さんはまた右手で胸元を軽く触った。

ただの直感だけど、もう待つべきではないと思う。

これは駅で芳賀さんが倒れた時、足が一歩前に出た感覚にも似ている。人の会話を遮ったことなどないけど、これは伝えるべきだ。

「先生。お話の途中、すいません」

「……どうした、マツさん」

あまりやらないことなので、先生も驚いているようだった。

でも駅などでの救護活動に関して、先生の言った言葉を思い出す。

——たとえこの行為が患者の役に立たなかったとしても、「余計なことをした」と非難されるようなマイナスの行動には決してならないので、絶対に恥じることはない。

間違っていてもいい。

今は言うべきだ。

「関さん。今どこか具合の悪いところ、ありませんか？」

「えっ？」

いきなり言われた方も、それは驚くだろう。

でも気のせいなら、それはそれでいい。

「私の気にしすぎだったら、申し訳ありません。ただ……さっきから、なんとなく『胸を気にされて』おられるような気がしてならなくて」

「ん……？　胸を？」

そこで先生の視線が、関さんの頭の先からつま先までを素早くスキャンした。

「そういえば、関さん。顔色、いつもそんな感じではありませんでしたね」

「いえ、あの……大丈夫ですよ？　僕は元々、そんなに健康じゃなくて……なんて言うか、昔からわりと虚弱なヤツなんで」

無意識に右手を胸にあてた関さんを、さすがに先生は見逃さなかった。

「胃痛や、胃部不快感ですか？」

「いえいえ。これ、い、いつもの動悸《どうき》ですから」

「動悸？　いつも？　そのまま、座って」

それを聞いた瞬間、先生は関さんの手首に手を添え、親指をあてたまま社内児童クラブの床に座らせた。

「あの、先生。ホントに僕、大丈夫――」

「すみませんが、まずは確認を」

腕時計を見ながら、何かを測っている先生。

この光景は、何度か見たことがある。たしか手首の内側、親指の付け根の下あたりには、動脈の拍動を触れられる場所があるはずだ。そこに指をあてることで、心拍数や脈の異常を簡易的に評価できるらしい。おそらく先生は今、一分間の心拍数を測っているのだ。

「心拍数が、１１５もあるな。洞性頻脈《どうせいひんみゃく》だが……」

「森先生。これホントに、いつもの動悸なんですよ。近所の内科でも、問題ないって言われてますし」

そんなことで、先生が引き下がるわけがない。

「まずは、クリニック課へ行きましょう。マツさん、ショーマにストレッチャー《担架》を持って来るよう、連絡してもらえるだろうか」

「はい！」

「いやいや、歩けます！　大丈夫ですから！」

「そうはいきません」

「ホント、お願いします！　これ以上、社内で目立ちたくないので！」

その言葉は必死を越えて、切望のように思えた。

それぐらい、社内での監査室への風あたりはキツいのかもしれない。

「しかし……」

「ゆっくり！　ゆっくり歩きますから！　階段も使いませんから！」

渋々と納得した先生に、倒れないよう腰に手を回されてベルトを掴まれた関さんは、社内児童クラブの業務監査から一転、クリニック課を受診することになってしまった。

「マツさん――」

「やっぱり、ストレッチャーがいいですか？」

「――ありがとう。さすがだな」

「え……？」

「俺は監査のプレゼンにばかり夢中になって、関さんの徴候《サイン》に気づかなかった」

「それは、あれです。私、することがなかったので……その、ボンヤリ見てただけで」

「見ていても、気づかなければ意味がない。まったく、お恥ずかしい限りだ」

いつまでたっても、褒められることには慣れない。

ただ少しずつだけれど、自己評価が上がっていくような気がして、気分は良かった。

▽　▽　▽

その翌日。

ちょうど二十四時間が経過した時刻ピッタリに、関さんはクリニック課を受診した。

「失礼します。監査室の関ですけど、心電図を返しにきました」

診察では、とりあえず早急な対応が必要な動悸ではなかった。

しかし「動悸」とひとことで言っても、普段より速く拍動するだけだったり、リズムに乱れが生じたり、無害だったり危険だったりするので、さまざまな種類を除外していかなければ「大丈夫」とは決して断言できないらしい。

「こんにちは。今、先生を呼んで――」

「関さん、こんにちは」

インカムで知らせる前に、診察ブースから先生が顔を出した。

これはかなり、気にしていたに違いない。

「あの、森先生……できる限り、日常生活の記録はしたつもりですけど」

いつ、何をしている時に、心臓の動きがどうなるのかを知りたい。ならばいっそのこと、二十四時間ずっと心電図をつけておけばいいだろう――という発想で開発されたのが、体に貼り付けたまま生活できる、便利なポータブルというかウェアラブルに近い心電図、それが「ホルター心電図」だ。

「お疲れさまでした。やはり、生活の記録は大変でしたか?」

「いえ、それ自体はいいんですけど……書き忘れがないか、心配で」

「関さんなら、大丈夫だと思います。どうぞこちらへ」

唯一めんどくさいのは、いちいち「今、何をやっているか」を別紙の「行動記録メモ」へ、時間ごとに書き込まなくてはならないことだろう。

その動悸が起こる「状況」こそが重要らしいので、歩行時なのか、運動時なのか、安静時なのか、寝ている時なのか、ご飯を食べている時なのか、テレビを観ている時なのか、仕事をしている時なのか、あるいは気づかない時にもあるのか——それらの行動と心電図をリンクしながら、細かく評価しなければ意味がないという。

「では、マツさん」

「はい!」

なにごともなかったように、先生と関さんは診察ブースから出てきた。

貼り付けたホルター心電図を剝《は》がすのは、わりと簡単らしい。

「早急に解析をお願いするので、その間、よろしく」

二十四時間記録し続けた心電図も、最速なら一時間半ぐらいで結果は出るらしく、実はその間に関さんの「特別診療枠」受診の問診を頼まれていたのだった。

「じゃあ、関さん。お話を伺うだけですけど、社食に」

「あ。噂の、商談席ですね？」

「え……どんな噂です？」

「いえいえ、悪い噂じゃなくて。社食なのに、ぜんぜん雰囲気が違うって」

そんな話をしながら、念のためにエレベーターで社食に向かった。

ただ不思議なのは、なぜ関さんの動悸が「特別診療枠」の受診になったのかということ。

これは一般診療とは違い、心身症状などの時に使う、診療時間の長い診察枠。もしかすると心身症のひとつに動悸があったかもしれないけど、症状が多すぎて覚えきれない。

「こんちゃーっス、松久さん。商談席っスか？」

社食がお昼のピークを過ぎたこともあり、大将が出迎えてくれた。

「大将。肩サポーター、外してませんよね」

「大丈夫っスよ。あれから、ちゃんとつけてますから。ほら、ね？」

肩サポーターのストラップをびよんびよん引っぱって見せる、大将。でも今日のお昼に社食で見た時、忙しいから邪魔だといって外していたのだ。

「お願いしますよ。みんな、大将には早く治って欲しいんですから」

「あざっス。で、何にします？　この時間なんで、いつものアレにします？」

今ぐらいの忙しくない時間だと、大将が作ってくれる「揚げたてポテトとチョコディップ」という、ちょっと社内に知れ渡り始めてしまった【裏メニュー】がある。熱々でカリカリの薄塩ポテトに絡める絶品チョコムースが、たまらなく背徳的で美味しいのだけど。

「き……今日はいいです。カフェオレのホットで」

「えっ、いつも注文するじゃないですか。オレの肩なら、大丈夫っスよ？」

「ダメです。お願いですから、大将はできるだけ休んでてください」

「なんか、すいませんね。気ぃ遣ってもらっちゃって。えーっと、そちらは？」

「あ、僕も同じで」

「はいよー」

大将に紙コップをふたつもらい、カフェオレのホットを淹れて、窓際の商談席に向かった。周囲からうっすら目隠しをされるように、落ち着いたアースカラーのレースのカーテンが降ろされているここは、相変わらず社食の中でも特別な雰囲気がある。

「わ。ここ、やっぱり特別感がありますね」

「関さん、初めてでしたね」

「なんか、偉くなった気分がします」

眩《まぶ》しい。営業スマイルでもない、このクリーンな感じの笑顔。やはり少女コミックの実写版には、ぜひ出演していただきたい。

「それで……ここで、何をすればいいんですか？」

あらためてそう言われると、ちょっと困る。

「……そう、ですね。なんて言うか、その……問診？　ですね」

「でも先生に、動悸のことは全部お話ししましたけど……」

「……そう、ですね」

困った。相変わらず、何を目的に話を聞けばいいかわかっていない。少なくとも特別診療枠の問診なので、その役に立つようなことが望ましいけれど――それって何だろう。

「先生に話してないこと、でしょうか」

「あ。そういうの、何かあります？」

「そうですねぇ――」

お互い、カフェオレをすすって終わる気がしてならない。

「――児童クラブが、思った以上に楽しそうでした」

これは、別の意味で役に立てるかもしれない。

ぜひここで、社内児童クラブの株を上げておきたいところだ。

「でも部長が参加してたのには、驚きましたよ」

「そういえば関さん、人事課でしたよね」

「はは。社長の社内改編で格上げされて、今は人事部ですよ」

「す、すいません。つい、昔のクセで」

関さんは少しだけ笑顔を曇《くも》らせると、小さなため息をついた。

「……なんで部長は、僕を監査室に推してくれたんだろう」

愛想がいいだけじゃなく、ともかくフェア。よく見ているし、よく知っているし、入社面接での『目利き』もいい。研修、配置、人事考課と、木下部長は関さんのすべてに太鼓《たいこ》判《ばん》を押していたような気がする。

「部長、僕のこと買いかぶりすぎなんですよ」

関さんのため息は、少し大きくなった。

「人事部でも管理職と一般社員との板挟みにあうの、わりと苦痛でしたし……そもそも僕が『人を評価する』こと自体、おこがましいっていうか……分不相応ですよ」

紙コップを手にしたまま、関さんは少しずつ話し始めてくれた。

「監査室——僕は業務監査なんですけど、社内でなんて呼ばれてるか知ってます?」

「や、知らないです」

「内偵課捜査官です。なんかそういうタイトルの映画があるらしくて、ひどい時は主人公の名前で『ザック』とか『アンダーソン捜査官』とか陰で言われて」

聞いていた「身内の敵」とはまた別の、嫌な表現だった。

「ただ、まぁ……わかるんですよ、そう言う人の気持ちも。痛くもない腹を探られるっていうやつでしょうね……しかも、同じ会社の社員にですから」

「でも監査室のお仕事って、業務手順とかマニュアルとか、そういう規定が部署内ではっきりしているか、共有できているか、確認やアドバイスをすることですよね？」

少しだけ、関さんに笑顔が戻った。

「ありがとうございます。そう言ってもらえたの、すごく久しぶりな気がします」

「あ、これは先生の受け売りなので」

すでにカフェオレを飲み干してしまった関さんは、窓の外に視線を向けた。

これは想像以上に、監査室のお仕事は大変なようだ。

「動悸の原因、わかってるんです」

「えっ？」

ちょっと、意外な言葉が返ってきた。

「社内児童クラブが必要なのはわかってるのに、監査を指示された。先生の言いたいことも、いただいた資料から痛いほど伝わって来るんです。先生、プレゼン上手いですし」

「……ですね」

「だから先生に気を遣って……それで、動悸が出たんだと思います」

「でも、検査結果を見てみないと」

「いやいや。きっと、何も出ないと思いますよ。だって僕、生き物としてめちゃくちゃその表現には、もの凄く共感できた。世の中の人間は「肉食か草食か」「強か弱か」しかないと思っていた時期が、自分にもあるからだ。

「それ、わかります」

「でも、松久さん。僕、この歳になっても電車で立ちくらみを起こしたり、気分が悪くなったりすることなんて、日常茶飯事なんですよ？」

「あります、あります」

「そうは言いますけど――」

またひとつ、関さんはため息をついた。

「――疲れるとすぐに頭が痛くなりますし、疲れて帰宅したはずなのに眠れないですし、食欲もなくなって、最後はひどい胃痛でクリニック課を受診したじゃないですか」

「覚えてます。けっこう、辛そうでしたから」

「でもそれって結局、出社できないほどじゃないんです」

これは特別診療枠の問診をしていて、よく聞く言葉だ。

――出社できないほどじゃない。

その度《たび》に思うのは「出社できれば、どんな症状があってもいいのか」ということ。

でもみんな、それを「日常生活に支障があるわけじゃない」と言うのだ。

「それに、この弱さ加減。今に始まったことじゃないですし――」

どうやら関さん。小学生の頃から、いろいろと困った症状が多かったらしい。

中学校に入ると朝が起きられなくなり、なぜか昼過ぎから夕方ぐらいになると元気になる、いわゆる「登校困難」になっていたという。幸いにも症状に理解のある学校だったため、「なまけ癖」とも「生活習慣のせい」とも「親の教育が悪い」とも言われることなく、保健室や午後からの登校などで対応してくれたらしい。でもどこの小児科に行っても「中学生のそういうのは診れない」と言われ、内科では血圧の薬を出されて「あとは心療内科へ行け」と言われ、心療内科では「中学生のそういうのは診れない」と小児科へ戻されるループにハマっていたという。予防接種を受けるために病院の待合室で待っていれば注射を打つ前から具合が悪くなり、時には苦笑されながら、時には「予防接種は体調の良い時に来てください」と怒られながら、処置室のベッドに寝かされる始末。挙げ句に楽しいはずの夏休みも、学校へ行かなくていいから気が楽になるかと思いきや、なぜかダルいばかり。だから仕方なく、ずっと家でゲームと勉強を繰り返す毎日だったらしい。

やがて高校生になると症状は次第に軽くなり始め、大学生になってようやく人並みの生活ができるようになったと喜んだのも束《つか》の間。就職してから、症状が徐々に再燃。実は監査室へ異動になった去年からは、朝の起き辛さや動悸の頻度が増えていたという。

「……そうだったんですか」

それはもう「困った症状」というレベルではなく「日常生活に支障を来している」レベルではないだろうか。それに、頻度が増えているのが動悸だけでないのは大問題だ。

「仕事から帰ったら、松久さんは何が楽しみです？」

「えっ？　そ、そうですね……」

急な角度で飛んで来た質問に、なんと答えるか戸惑ってしまった。

正直なところ「お風呂に入って寝るのが楽しみ」なのだけど、それを言ってしまうとアラサー女子として——というか、人として問題があるような気がしてならない。

「……配信の映画とか、観てますね」

たまにですけど、とは言わなかった。

「僕は最近、ペットとやり取りするのが楽しいんですよ」

「あ、いいですね。なにを飼ってるんですか？」

「知ってます？　『お疲れさまAIペット』って」

「……AI？」

「メッセージを送ると、優しい言葉を返してくれるんですよ――これです」

ためらうことなく、関さんはスマホでのやり取りを見せてくれた。


(ただいま)

(おかえり！　今日も大変だった？)

(まいったよ。また仕事の途中に動悸が増えちゃって)

(ちゃんと病院に行った？)

(行ったよ。会社の中に病院があるからね)

(どうだった？　大丈夫だった？)


最近よく聞く「チャットなんちゃら」というやつだろうか。

ただしアイコンは、凛々《りり》しい顔をした大型犬のゴールデン・レトリーバーだけど。

「あの子たちには――」

スマホをポケットに収めると、関さんは空になった紙コップを軽く潰《つぶ》した。

「――社内児童クラブにいた子どもたちには、僕みたいになって欲しくないですね」

悲しそうな笑みを浮かべる関さん。こんなに【心が痛い】生活をしているとは、問診を取るまで想像もつかなかった。

やはり人は、決して「見た目」で判断するべきではないのだ。

▽▽▽

ホルター心電図を解析した結果は、予定通りその日のうちに出た。

どうやら動悸の種類としては、脈が飛ばないタイプの「洞性頻脈」で間違いなく、緊張やストレスで脈が速くなる「生理的なもの」――つまり、ある意味では心身症状だった。

だからヨシ、というわけではないけれど、それを聞いた関さんはホッとしていた。にもかかわらず、なぜか浮かない顔をしていた先生が印象的だった。問診の結果をすべて伝えたところ、どうにも腑《ふ》に落ちない点が多くあったらしいのだ。

あれから、一週間――。

今日は念のために再診してもらって、先生が様子を聞く予定だった。

「こんにひは。予約ひていた、関れす」

ぱっと見はいつも通りだけど、いつになく滑舌《かつぜつ》が悪い。素人目《しろうとめ》には何がどうなっているのかサッパリだけど、ともかく何かあるのは間違いない。

「……関さん？　胸、苦しいんですか？」

「いえいえ、すひません。なんか、歯ぐひが腫《は》れて――血がれちゃって」

「歯ぐき？」

それは歯医者さんでは？　と思ったものの、先生の言葉を思い出す。

――その症状が内科疾患ではないと断言するのは、診察してからだ。

「やっは、歯医者さんれすかね」

代わりに答えてくれたのは、隣の眞田さんだった。

「まぁ、まぁ。それはリュウさんに、診てもらってからでもいいじゃないですか」

こんな時、薬局窓口がクリニック課の中に戻って来たのは助かる。

「じゃあ、お掛けになって――」

ＩＤカードをタッチして受付を済ませると、すぐに先生が診察ブースから顔を出した。

わりと、そわそわしながら待っていたに違いない。

「関さん、お待ちしていました。どうぞ」

落ち着かない口元をモゴモゴしながら、診察ブースに入って行った関さん。

まさか立ち聞きするわけにもいかないので、あとは先生がカルテ入力してから、モニター画面で様子を知るしかない。

ただし、それは今までの話だ。

「歯ぐきから血が出る病気って、歯医者さん系以外で、何かあるんですかね」

「ありますよ。とりあえず、三つぐらいは思いつきますけど」

「え、そんなに……」

「逆にそれを除外してから、歯医者に行ってもいいんじゃないかと」

病院で医師に聞けず、忙しい看護師さんには言えず、受付では答えてもらえない――そんな患者さんの最後の砦《とりで》が、薬剤師さんであることを痛感してしまった。

「眞田さん。うちの父親が昔、しょっちゅう『リンゴをかじると歯ぐきから血が出ないか？』って聞いてきたんですけど、あれって何なんですかね」

なぜか眞田さんが、笑いを堪《こら》えている。

「や、うん――奏己さんの、お父さん――ある意味――くく」

「だってうち、リンゴはいつも切って食べてたんですよ？　皮だって剝《む》いて」

なにがツボにハマったのやら、何を言っても眞田さんは楽しそうだった。

そうこうしているうちに、モニターの「診察」マークが「会計待ち」に変わった。もちろんカルテの内容を読んでいるヒマはないけど、ちゃんとお薬も出ている。やはり、うちを受診して正解だったのだ。

「関さん。お薬、出てますので」

お会計をしながら、なんだかションボリしている関さん。胸は苦しくないと言っていたけど、歯ぐきから血が出ることと動悸は、何か関係があったのだろうか。

「……歯肉炎《しにくえん》って、ストレスれもなるんれすね」

「ストレス？」

関さんは、たしかにそう言った。

それなのに出ているお薬は、抗生剤？　が一種類に、軟膏《なんこう》がひとつ。病名付けの候補には「帯状疱疹《たいじょうほうしん》」と「水痘《すいとう》」も出ている。

やはり、受付で患者さんにかけられる言葉には限界があると痛感する。

「関さーん。お薬、用意できましたよー」

「あ、すひません」

「一回二錠、一日三回。ちょっと粒が大きいですけど、大丈夫です？」

「はい。ぜんぜん」

大人になっても錠剤が苦手とか、粉薬はムセるとか、恥ずかしくて言いにくい。

でも眞田さんは必ず聞いて、ダメならすぐ先生に連絡して、剤形を変えてもらうのだ。

「あと軟膏は、痛くない程度にやさしく塗ってくださいね」

「しみます？」

「いえ。薬剤自体はしみないですから、こすりすぎて出血しないように」

「……気をつけます」

「じゃ、お大事にしてくださいねー」

薬局課とカルテ画面を共有しているし、電子マネーやＱＲコード決済にも対応しているので、受付のお会計から薬局窓口でのお薬渡しまでが、圧倒的に速いのもうちの自慢だ。

「気になります？　関さんの症状と処方」

「え？　まぁ……はい」

「大丈夫ですよ。すぐに――」

バーンと診察ブースから、先生が出てきた。

たぶん他の部署の人には気づかれないと思うけど、このごくわずかに小難しそうな顔をしている時の先生は、ともかく誰かに話を聞いて欲しい時だ。

といっても、ふたりのどちらかしかいないのだけど。

「ねえ、リュウさん。関さんって、ヘルペス性歯肉炎だったの？」

「いや。それがやはり……どうにも腑に落ちなくてな」

「けどストレスからのヘルペス再燃で歯肉炎って、そこそこ頻度高いでしょ」

先生はドサッとイスに座り、腕を組んだまま背もたれをギコギコし始めた。

これは、かなり悩んでいる証拠だ。

「そう。俺も最初はそれを疑ったのだが、歯肉の腫れ具合といい、出血の程度といい、どうも典型的ではない。かといって、他に易出血《いしゅっけつ》の傾向はない」

「奏己さん。易出血っていうのは、血が出やすく止まりにくいことなんで」

「ん？　あ、マツさん。失礼」

「いえいえ、とんでもない」

難しいことは理解できないので、気にせず話を続けていただきたい。

「じゃあヘルペスが完全に否定できなかったから、抗ウイルス薬を出したんだ」

危ない。あの「バラシクロビル塩酸塩」は、抗生剤ではなかったらしい。

患者さんの前で無知は危険だなと、つくづく思う。

「しかし今まで、ヘルペス性歯肉炎や口角炎などの繰り返しが一度もないので、これはもう保険をかけるレベルの治療。恥ずかしいが、否定できない限りは仕方ないと、関さんにも納得していただいた」

「え？　マジで、そのレベルで自信ないの？」

「現状、歯科以外ではあまり有名ではない『ストレス性歯肉炎』が有力なので、関さんには歯科の受診を勧めたのだが」

ストレスによる心身症状は、どこに出ても不思議はないと納得していたつもりだった。

でもまさか、歯ぐきにまで出るとは。

ただそれより、先生の歯切れが悪いことの方が気になった。

「それも立派な心身症状のひとつだけど……その感じだと、納得してないんでしょ」

「関さんは今までも頭痛、腹痛で受診したことがあり、次は洞性頻脈の動悸。不眠傾向が強くなり、朝は起きづらい。そして今日は、ストレス性歯肉炎。多彩な症状だがすべてストレスが引き金となり得るし、明らかに日常生活に支障を来している――」

ギコギコしていた背もたれを止め、先生は大きくため息をついた。

「――なにか俺は、大事なことを見落としているのではないか？」

「関さんの症状の大元になってる疾患を、見落としてるってこと？」

「そう、鑑別の見落とし。関さんの症状すべてを、一元的《いちげんてき》に説明できる疾患――」

鑑別診断とは、その症状から可能性のある疾患を可能な限り挙げていき、あてはまらないかどうかを判断すること。これをたくさん挙げられるほど、誤診《ごしん》は減っていくのだ。

「――そのヒントが、マツさんの取った問診にあるような気がしてならない」

「えっ！　私ですか!?」

「どうにもあの内容が引っかかったので、次回の受診時に検査することにした」

急な角度にもほどがある。たしかに関さんはいろいろ話してくれたけど、どれがそんなに大事なヒントになったのか、サッパリ想像がつかない。

「さすが、奏己さん。話され上手ですね」

「や、待ってください……そういうアレでは、ないと思いますけど」

「いや、大いに可能性はある。まず、関さんが中学生の頃から朝起きられず、いわゆる登校困難の状態にあったこと。それから夏休みでも体が楽になるどころか、ダルくて少しも楽しめなかったことだ」

「……それ、中学生の頃のお話ですけど」

「そう。もしかすると、それら昔のことを含めて、すべて説明できるのではないかと」

「ぜんぶ繋がってるかも……って、ことですか？」

それが証明できれば、関さんが中学生の頃から抱えていた「自分は弱《じゃく》だ」という【心の痛み】も、少しは緩和されるかもしれない。

「だから大事なんだ。人の話をちゃんと聞く『問診』というものは」

もしかすると先生が小児科医だからこそ、何かに気づいたのかもしれない。

ともかくあの「話を聞いているだけ」の問診が、誰かの役に立つのなら——。

そんなの、いくらでもウェルカムだ。

▽　▽　▽

関さんには申し訳ないけれど、時間のある日に再受診をお願いしていた。

目的はもちろん、関さんの鑑別診断——というか、むしろ先生が「どうしても決着《ケリ》をつけなければ」と、毎日落ち着かないのだった。

「あの、森先生……これは」

関さんは右腕に血圧計を巻かれ、左手の人さし指に心拍数と酸素飽和度を測るパルスオキシメーターをつけられ、処置室のベッドに寝かされていた。

「前回の受診時にお話ししていた『ODテスト』です」

「OD……」

「オーバードーズの略ではないです。起《き》立《りつ》性《せい》調《ちょう》節《せつ》障《しょう》害《がい》を診断するための、簡易テストのことです」

それは、言われるまで気づかなかったけど——。

ともかく。先生がどうしても白黒付けたかったのは、関さんが起立性調節障害という、自律神経の失調が血圧や脈拍に出るものではないかということだった。

「でも、先生。前にお話ししたかもしれませんけど、僕……中学生の頃に、一回この検査を調べられたことあるんですよ」

「そのようでしたね。最近、だいぶ知名度が上がってきましたから——」

先生は関さんの中学生の頃からの症状が気になり、起立性調節障害を疑ってこの検査を勧めた。でも関さんはすでに、同じ検査を受けている。

それでも先生が、もう一度この検査をやりたがる理由があるのだった。

「——ですが、その起立性調節障害。さらに、6つのタイプに分類されます」

「えっ……そんなに？」

「関さんは中学生の頃、この検査で『血圧は大丈夫』と言われたのでしたね」

「はい。血圧は診断基準より下がらないから、起立性調節障害とか……朝起きられない理由とかは、別にあるんじゃないかと」

先生はそれでも、口元に少しだけ自信をうかがわせていた。

「違ったら違ったでひとつ除外ということで、ご協力いただけますか？」

「もちろん、僕はかまいませんけど」

「ちなみに今、ちょっとショーマ——薬剤師が薬剤相談を受けているので、もしも関さんが倒れた時のためにマツさ——受付の松久を介助に付けてよろしいですか？」

「なんか……お手数をおかけして、すみません」

「いえいえ！　こちらこそ、とんでもないです！」

申し訳ないのは、こちらの方。検査されているところなんて、関さんだって見られたくないと思う。

「では10分の安静仰臥位《ぎょうがい》の間、心拍数と血圧を3回計測しましたので、ちょっと辛いかもしれませんが、ゆっくりベッドから立ち上がってください」

そう言うと先生は、いつ関さんが倒れてもいいように腰を落として構えた。

つられて思わず構えてしまったけど、ふたりで関さんを取り囲んでジリジリと間合いを詰めているようで、なんだか妙な光景だ。

「このあと10分間立っていてもらう間、数分おきに血圧と心拍数を記録します。関さん、大丈夫ですか？」

「あ……いや、まぁ」

とくに何をしているわけでもないのに、立ち上がるだけで関さんの反応が鈍った。

「やはり、辛いですか？」

「なんていうか、いつもなんですけど……貧血じゃない、立ちくらみでもないんですけど、ダルいっていうか……動悸までいかないですけど、ちょっとしんどいっていうのは」

先生は一、二分ごとに自動血圧計のボタンを押し、血圧と心拍数を記録し、すぐに関さんの倒れ込み予防の姿勢に戻る。

その度にこちらも、関さんとの距離を詰めてしまう。

「他に症状はありますか？」

「うまく言えないですけど、だいたいひと息ついて……っていうか大きく深呼吸すれば、だいたい問題ないので……これっていう症状はないです」

10分間の記録が終わると、先生は小さく何度もうなずいて満足そうだった。

「お疲れさまでした。やはり血圧に低下を認めなかったので、このあとの起立後血圧回復時間の測定は不要ですね」

そう言って、先生は関さんの腕に巻いた自動血圧計を外した。

「あ、やっぱり……」

「どうぞ、ソファーにお掛けになって」

でも、左手人差し指のパルスオキシメーターは外さなかった。

「関さん。指に付けているパルスオキシメーターの心拍数は、今いくつですか？」

「え？　っと……98です」

「あ、失礼。それは酸素飽和度です。隣の、小さい方の数字は？」

「112って出てます」

「それが、関さんの心拍数です」

「……それって、どうなんですか？」

「スポーツジムなどで、ルーム自転車を軽く汗ばむ程度に漕《こ》ぐと、その程度になります」

「えっ!?」

思わず関さんと、ハモってしまった。

「ちなみに関さんが横になって安静にしている時の心拍数は、3回計測の平均で一分間に71回。運動もしていないのに、立ち上がっただけで心拍数は40以上も上昇しています」

素人が聞いても、その変化は明らかにおかしいと思えるものだった。

「何なんですか、これ……」

「起立性調節障害の6タイプのうちのひとつで、血圧は下がらず心拍数の上がる『体位性《たいいせい》頻脈症候群《ひんみゃくしょうこうぐん》』、略してPOTS《ポッツ》だと思われます。そのシステムはまだ完全に解明されていませんが、起立性調節障害の中では二番目に多いタイプと言われています」

その割には聞いたことがないけど、成人では珍しいのだろうか。

「関さんは起立後10分以内に心拍数が一分間に30回以上上昇し、血圧の上昇や低下を認めず、失神も認めなかったので、診断基準はキチンと満たしています。起立性脳循環不全《きりつせいのうじゅんかんふぜん》型《がた》と高反応型《こうはんのうがた》のサブタイプ診断には特殊な記録装置が必要なので、クリニック課での診断は不可能ですが、症状経過と頻脈から除外できると思います」

「でも昔、起立性調節障害って、中高生ぐらいのものだって」

「あまり有名ではないだけで、成人でも普通にあります。ちなみに、他のタイプは――」

起立性調節障害のサブタイプ

(1) 起立直後性低血圧《きりつちょくごせいていけつあつ》

最も多い。起立直後に血圧低下があり、立ちくらみや全身の倦怠感が現れる。

血圧の回復に25秒以上かかる。

血圧の低下率が15%以上、25秒以上持続する場合は、重症型。

(2) 体位性頻脈症候群

血圧の低下はなく、頻脈やふらつき、だるさ、頭痛など症状は多い。
起立時の心拍数が１１５回／分以上、
または起立時の平均心拍数の増加が35回／分以上。

（3）血管《けっかん》迷走《めいそう》神経《しんけい》反射性《はんしゃせい》失神《しっしん》
起立時に突然血圧が低下し、脈が遅くなる徐脈《じょみゃく》になることもある。
失神の原因のひとつ。

（4）遷延性《せんえんせい》起立性《きりつせい》低血圧《ていけつあつ》
起立直後の血圧は正常だが、時間と共に徐々に低下し、収縮期血圧が15〜20％以上低下する。

（5）起立性脳循環不全型
起立中の血圧と心拍数は正常。
脳血流が低下して、様々な症状が現れる。
診断には脳血流を測定できる特殊な装置が必要。

（6）高反応型
　起立直後に血圧が著しく上昇する。

　心拍一拍ごとに血圧を測定できる特殊な装置が必要。


「そんな……中学生の頃に気づかれなかったのに、なんで先生は気づかれたんですか？」

「マツ――久《ひさ》の取った『問診』です」

「……あの社食で？」

「症状が悪化する要因として、ストレス以外に『暑さ＝夏休み』が辛かったこと。それから『午前中＝朝』起きられなかったことも、矛盾しませんでしたから」

「じゃあ、僕の今までの症状は……」

「電車での立ちくらみや、めまい、動悸、頭痛、ひどい疲労感、起床困難と睡眠障害など、すべてこれで説明がつきます」

「朝起きられないくせに、昼過ぎから元気になる、あの都合のいい体調も」

「都合は良くありません。症状ですから」

ソファーに腰掛けたまま、関さんは床の一点を眺めていた。

「……『甘えている』とか『根性が足りない』とかでは、なかったんですね」

きっと関さんは中学生の頃から、そんな心ない言葉に曝《さら》されてきたに違いない。

あるいは自分のことを、そうやってずっと責めていたのかもしれない。

「決してないです。仕事のストレスで、症状が再燃してしまったのです。そもそも根性論は、二十一世紀初頭の遺産で——関さん？」

「ありがとうございました……」

関さんの頬を、一筋の涙が伝って落ちた。

それに気づいた先生は、うなだれる関さんの前にしゃがみ込んだ。

「関さん。これは、誰にでもあることなのです」

「……え？　誰にでも？」

「そう。診断基準を満たしていないだけで、大なり小なりあります。ストレスで血圧が下がる、上がる、動悸がする、嫌な汗をかく、疲労感がひどい、頭痛、腹痛、胃痛に下痢《げり》——それでも皆、出社できないほどではないと言って、体の徴候に目を向けない。実際に出ている症状がすべてを物語っているはずなのに、勝手に優先順位を下げて体をないがしろにする。自分の症状に目を向けると『自分を甘やかしている』と言う人がいますが、症状に目を向けることが医療であり、医学のスタートだと、私は思っています」

自分に厳しいも、自分に甘いも、基本的にはないはず。そこにあるのは症状だけだと、先生がいつも言っていたのを思い出す。

「しかし大変残念ですが、起立性調節障害の体位性頻脈症候群と診断がついても、確立された治療法はまだ見つかっていません。まずは体を循環する血液量を増やすため、水分を1日2〜3L、制限がなければ塩を1日10g程度摂取することが推奨されています」

そう言って先生は、ポケットから「塩タブレット」と書かれた市販品の小さなケースを取り出し、関さんに手渡した。

「そうなんですか……」

それを受け取って見つめながら、関さんは何かを諦《あきら》めたような表情を浮かべた。

確立された治療法がない以上、ストレスからの解放が望ましいのはわかりきったこと。でもそれが一番難しい上に、今の関さんには不可能だとわかっているのだ。

「関さん。私にできることが何かないものか、いま考えている最中です。もう少し、待ってもらえませんか？」

なんとか休職や離職をせず、それでいて関さんもライトクも、お互いＷｉｎ‐Ｗｉｎになれる方法なんてあるだろうか。

ただ、この先生の顔――。

なんの根拠もなく言っているとは、とても思えなかった。

【第三話】痛みさえ感じない

最近、先生がデスクでイスの背をギコギコしている姿が目立つようになった。

社食へお昼ご飯に出かける時もモニター上で資料を眺めながらギコギコしていたのに、戻って来てもまだ腕組みをしたままギコギコしている。きっと脳内であのことがフル回転している証拠だろうけれど、今日もちゃんとご飯を食べたのかすごく気になる。

なにせ集中すると空腹、ノドの渇き、トイレにとどまらず、果てはまばたきまで忘れて目を充血させてしまうという、信じられない認知機能のバラつきを持っているのだ。

唯一の救いは、それを察した眞田さんが一緒にお昼を食べてくれることだろう。

「どうしたの、リュウさん。珍しく決まらないね」

最近は駅前にある「桃尻中華」から「餃子と五目あんかけ丼」をデリバリーするのがブームの眞田さん。食べ終わった容器を片付けながら、デザートの「ごま団子」に合わせてコーヒーを淹れている。

「監査室だけでなく、経営企画室など他の経営陣も納得させなければならないからな」

先生の方はもうデスクの上に何も残っていないので、今日は何を食べたのやら。

「でも開業クリニックの雇われ院長時代、よく理事長に企画書を通してたじゃん」

「系列クリニックのひとつをコントロールするのとは、話の規模が違うんだぞ？」

関さんのことがあって以来、先生にはひとつのアイデアがあった。

それが【次世代還元型　職場復帰支援】だ。

「でもその話が通ったら、いろんな人がラクになると思うんだけどなぁ」

「悪い話ではない自信はある、が。ポイントはこの企画が一部署のためだけのものではなく、ライトク全体の利益になるものとして理解してもらえるかどうかだろう」

先生はクリニック課の課長でありながら、産業医でもある。そのため産休や育休明けの社員、メンタルヘルスや病気を理由に休職せざるを得なくなった社員から、基礎疾患を持つ社員などの就労条件や復職を、人事部と連携して支援しなければならない。そこへ新設の「子育て支援室」を組み込もうというのだから、その発想には驚くしかない。

そんな先生のギコギコっぷりを眺めていると、ドアから男性社員が入って来た。

「失礼します」

その姿を見て、訳もなく心拍数が上がってしまった。

一度だけの顔見せかと思ったら、その後も社内児童クラブに参加してくれている、人事部の木下部長。見慣れたはずのその姿も、別の場所ではまったく別の印象だった。

「き、木下部長――」

関さんの言葉が、今ようやく理解できた気がする。

社内で人事部の人間がウロウロすると、下手《へた》をすれば社食でご飯を食べているだけでも、すぐに「異動」や「人事考課」という言葉が飛び交い、投げかけられる視線が痛くてたまらないと言っていた。それを聞いてちょっと気にしすぎではないかと思ったのは、他人事《ひとごと》だったからなのだ。

「――今日は、どうされましたか？」

いざこうしてクリニック課に木下部長が現れた瞬間、真っ先に思い浮かんだのは「来年どこかへ異動させられるのではないか」という恐怖だった。

「これは、失礼しました。そういえばクリニック課は、今がお昼でしたね」

「いえ、あの……大丈夫でございますよ」

もう口調からして、動揺が隠せていない。

そもそも木下部長の人事考課や人選は公平で適正だと、社内での評判はいい。だからそこまで恐れる必要はないと思いながらも、接遇の評価をされているのではないか、知らないところで何か不備が指摘されているから見に来たのではないかと、無意識のうちに挙動不審になっているのだ。

そんな草食動物の心の叫びに素早く反応してくれたのは、もちろん眞田さん。先生はデスクのモニターに集中しすぎて、入って来た木下部長にさえ気づいていない。

「あ、かまいませんよ？　どうされました？」

ごま団子をひとつとコーヒーを半分残したまま、眞田さんが気さくな笑顔で対応を買って出てくれた。

「申し訳ありません。こちらに、男性向けのグルーミング用品があると聞きまして」

「あー、はいはい。ありますよ。どうぞ、こちらの棚です」

ショーマ・ベストセレクションの話だとわかると、眞田さんは嬉々としてカウンターをするりと出ていった。これで先生をこちらの世界に呼び戻す必要もなくなったし、余計な不安でトイレをガマンする必要もないだろう。

「このところ社内で、営業三部の評判がずいぶん良くてですね」

「……三部？　営業って、第二までじゃありませんでしたっけ」

「失礼。営業企画部、第一営業部、第二営業部をまとめて、そう呼ぶことが多くて」

「へー、そうなんですか。あそこは嶋原《しまばら》部長がずいぶんがんばって上申されたおかげで、デオドラント系の物品を経費で落とせるようになりましたからね」

「すごい行動力ですよ。私も『清潔感の大事さ』を、あらためて認識しました」

さすが眞田さんだ。相手が人事部の部長だろうが何だろうが、恐れる素振りもない。これればかりは見習いたくても、真似《まね》できないと思う。

でも、この些細《ささい》な引っかかり感はなんだろう。

木下部長の眞田さんへの「返し」に、大きな問題はない。でもなんとなく「すごい行動力ですよ。私も――」のあとは「――見習わなくては」とかの方が、オトナの会話としてはスムーズなのではないのかと、本当にどうでもいいことが気になった。

「それで、今日は何を？」

「恥ずかしながら『グルーミング』とはどういうものか、正しく理解しておりませんで、ネットで調べた知識だと『清潔に手入れする』ということでよろしいですか？」

「ですね。たしかに『グルーミング』って元々メジャーな言葉じゃありませんでしたけど、最近ではググると『性犯罪用語』の方が多くヒットするようになりましたからね」

「えっ、性犯罪ですか？」

「嫌なご時世になったモンですよ。仕方ないんで、ウチの棚からも『グルーミング用品』ってプレートは外しました」

知らなかった。

調べてみると、本来は「動物の毛づくろい」という意味らしい。それを「グルーミング用品」で検索してみると、「ペット」や「メンズ向けの身だしなみ」にまで意味を広げた、グッズ販売のタイトルとしてヒットしてくる。

でも「グルーミング」だけで検索すると、ヒットする上位のほとんどが「子どもを手懐《てなず》ける危険な手口」とか「巧みにつけ込む」とか「子どもたちを狙う」とか、卑劣な性犯罪に関するタイトルばかりだった。

「すごいですね」

「……はい？」

さすがの眞田さんも、ちょっと意味がわからなかったらしい。

「そういう時代性へのアンテナが鋭敏なところというか、良い意味でセンシティブなところが、眞田さんの人気のひとつなのでしょうね。私も見習わなくては」

「あ、はぁ……どうも」

この反応、眞田さんもそろそろ引っかかり始めているのではないだろうか。

木下部長、ここではスムーズに「私も見習わなくては」と返している。言葉通りに受け取るならば、眞田さんを見習いたいということ。では最初の引っかかり感を思い出して同じように考えてみると、嶋原部長から感銘を受けたのはその「行動力」ではなく、「清潔感の大事さ」ということになるだろう。

またしても、些細な引っかかり感にモヤってしまう。

「ちなみに私のような初心者は、何から始めれば良いでしょうか」

「そうですね。一般的にですけど、無精髭《ぶしょうひげ》の管理から始めるのはどうでしょうか」

「毎朝、剃《そ》るようにはしていますけど」

「いえいえ。寝ている間もそうですけど、髭ってわりと日中に伸びるんですよ。だから朝だけじゃなく、お昼ご飯の後とか、夕方三時頃とかに、歯磨き感覚で剃るのもアリですね。もちろん、電気カミソリがダメな方には難しいかもしれませんけど」

「なるほど。たしかに無精髭や青髭というのは、女性から嫌われる傾向が強いと聞いたことがあります。日中にもう一度髭を剃るとは、目から鱗《うろこ》です」

それに対して眞田さんは、珍しくコメントを返さなかった。つまり、会話のキャッチボールを断ったということ。何か嫌な雰囲気を嗅《か》ぎ取ったに違いない。

「髭と同様に体臭も個人差はありますが、基本的には清拭《せいしき》──つまり雑菌がエサにする成分を拭《ふ》き取るだけでも効果はありますから、デオドラント・シートもオススメです」

「スプレーではなく？」

「デオドラント・スプレーも悪くはないですが、四十代を過ぎたころから体臭の原因物質はノネナールだけでなく、男性ホルモンに分泌を誘発される皮脂も含まれますから、まずは拭き取るのが一番だと思ってます」

「香りのタイプは、どのようなものが好まれるでしょうか？」

「好まれる……？　別に、無香でいいんじゃないですか？」

なんと眞田さんが、露骨にめんどくさがり始めてしまった。ご自慢のショーマ・ベストセレクション棚の商品説明で、この態度を取ることはまずない。というか、いかなるシーンでも見かけることは希《まれ》だろう。

「いやぁ、勉強になります。男性の体臭は生理的に無理だという女性が多いと、よく聞きますしね。生理的に——と言われてしまうと、打つ手がありませんし」

もう、この引っかかり感は間違いない。木下部長は、明らかに「女性」を意識してのグルーミング相談に来たのだ。

もちろん五十歳を過ぎたからといって、女性に対して枯れる必要はないと思う。

人事部の部長、木下春彦《はるひこ》、五十一歳。おでこがテラって髪も少しだけ心許《こころもと》ないけれど、中肉中背で太っておらず、見た目は年齢以上でも以下でもない。たしか総務課のお話大好き高野《たかの》さんによると、未婚の独身だったような記憶がある。

そう。女性に対して、枯れる必要はないとは思うのだけれど——。

「ちなみに眞田さんは、何をルーチンにやっておられるのでしょうか」

「……何を、と言いますと？」

「眞田さんのルーチンとしてのグルーミング内容を、お聞かせ願えればと」

「え、なんでです？」

びっくりするぐらいの勢いで、膀胱《ぼうこう》が刺激された。このトイレに駆け込みたい衝動は、久しぶりな気がする。

ついに眞田さんが、木下部長を思いきり突き放しにかかってしまった。

「是非《ぜひ》、参考にさせていただきたく」

「木下部長がですか？　グルーミングの内容なんて、人それぞれですよ？」

ここで木下部長、キレたりしない代わりに、引き下がったりもしない。

「とんでもない。眞田さんはご存じないかもしれませんが、社内には眞田さんのファンクラブのような女性派閥すらあるんですよ？」

「いや、知りませんけど」

膀胱刺激特急が止まらない。服の上からでもわかるぐらい心臓はバクバクしているし、嫌な汗がドッと吹き出す。顔が耳までカッと熱くなったくせに、手足の先は冷えていくという嫌な感覚。不意に思い出したのは、先生が関さんに伝えた言葉だ。

——これは、誰にでもあることなのです。

もちろん関さんとは比べものにならないほど、些細な症状だ。

でも診断基準に届いていないだけで、緊張やストレスで血圧が下がる、上がる、動悸がする、嫌な汗をかくなんて、大なり小なり誰にでも起こる——とはいえ、これは辛い。

実際に出ている症状がすべてを物語っているので、勝手に優先順位を下げて体をないがしろにしてはいけない。ここはひとつ、トイレに逃げることにしよう。今はお昼の時間。受付を空けても、ぜんぜん大丈夫だ問題ないと思う。こんな【心が痛い】会話、これ以上聞いていられるはずがない。

「木下部長、モテたいんですか？」

痛《いた》っ——待ってください、眞田さん！

もうやめて、これ以上は心がもちません！

「恥ずかしながら、おっしゃる通りで」

なんということだろう。木下部長は開き直ったというより、むしろ嬉しそうな顔をしている。言葉にするなら「ようやく真意が伝わって良かった」とでも言いたそうだ。

「木下部長は——」

しまった。カウンターで前のめりに肘をついた眞田さんに、出口を塞がれてしまった。出られないなら、後ろのデスクに下がってイヤホンをして——しまった、イヤホンは音楽を聴きながら歩くという器用なマネができないので、持ち歩いていないのだった。

「——女性について、何か勉強されましたか？」

なんということだろう。相手が人事部の部長であろうが人事考査がどうであろうが、眞田さんはまったく意に介さないようだ。

「勉強……というと？」

「たとえば二十代前半の女性が悩んでいる頻度の高いことって、何かご存じですか？」

「いえ……ちょっと、想像つきませんが」

「では、二十代後半の女性が一般的に悩んでいる頻度の高いことは、二十代前半の女性のそれと同じだと思います？」

「……違うんじゃないでしょうか」

助けてください、先生――は、いまだにモニターを眺めて企画書に集中している。でも、この状況で気づかないことなんて――先生ならあり得るから困る。とくに眞田さんが相手をしているとわかると、気づいてもそのままスルーすることが多いのだ。

もう、ここから動けない。あとは下を向いて、この時間がすぎるのを待つしかない。

「じゃあ、三十代前半についてはどうです？　三十代後半では、どう変わると思いますか？　四十代女性が抱える悩みで最も頻度の高いものは？」

「それは……」

「その方が結婚されていれば？　結婚されているけどお子さんのいない女性なら？　逆に、妊婦さんなら？　あるいは、乳幼児期のお子さんを持つ女性の悩みは？」

何が引き金を引いたのやら、眞田さんは珍しく笑顔を消して、矢継ぎ早に木下部長へ質問を投げかけた。

「お子さんが小学校に上がった後は？　ワンオペなら？　共働きなら？　ダブルワークなら？　実家暮らしなら？　結婚されていなければ？　離婚されていたら？」

こんな眞田さん、見たことがない。試すように挑発するように投げかけられる問いかけに、木下部長はただただ圧倒されるだけだった。

「悩みだけじゃなく、欲しいもの、やってみたいこととかも、そうですけど――」

その姿を見てようやく冷静さを取り戻してくれたのか、眞田さんは最後に本当のアドバイスらしき言葉を口にした。

「――モテるとかモテないとか、グルーミングとかの前に。男女を問わず相手がどの『世代』のどういう『属性』の人なら、概《おおむ》ねどんなことに悩み、どんなことを望んでいる可能性が高いのか。まずは、それを知る努力をするべきじゃないですかね」

「なるほど。人事業務にも通じるものがありますね」

何に驚いたかといって、木下部長がキレることもなく、素直に眞田さんの話を聞いていることだ。それを見た眞田さんも、気づけばいつもの眞田さんに戻っていた。

「あるいは男性向けのイケオジ養成雑誌を読むぐらいなら、本屋さんで手に入るすべての女性向け雑誌――なんだったら女性向けコミックでもいいですから、隅から隅まで読んだ方が『勉強』になるかもしれませんよ？」

「……たしかに。おっしゃる通りで」

神妙に口をつぐんだ木下部長は、何度もうなずいていた。

その表情を言葉で表すなら、拝聴という言葉がぴったりかもしれない。

「では、眞田さん。この制汗シートと、制汗スプレーの携帯ミニをいただけますか？」

「えっ？　あ、もちろん」

むしろそのタフさ加減に、最後は眞田さんの方が押されたようだった。

「どうも失礼しました。お昼時にお邪魔した上に、いろいろ勉強までさせていただいて」

「いえ、とんでもない……こちらこそ」

制汗用品を手に、クリニック課を後にした木下部長。

その姿をドアから見送ると、へなへなとカウンターにうずくまってしまった。

「奏己さん、すみませんでした。緊張させちゃってるの、わかってたんですけど」

「……どうしたんですか、今日の眞田さん」

眞田さんはコーヒーカップを片手に、残っていたごま団子を差し出した。

お詫《わ》びのつもりだろうか。ここは遠慮なく、いただくことにしよう。

「いやぁ。しかしまさか、ノーダメージとは」

「木下部長にダメージを与えて、どうするんですか」

「ヤダなぁ。聞かれたから、個人的な意見を答えただけですよ？」

「もっと、こう……なんていうか、言い方というかですね」

すっかりぬるくなったコーヒーを飲み干すと、眞田さんはため息をついた。

「五十でも六十でも、モテたいのは別にいいんです。でもアプローチの仕方を勘違いしたままだと、ただの『痛い人』じゃないですか。相手も、たまったものじゃないですよ」

「それは、まぁ……」

「部長というポジションになっちゃった人に、率直に言える人っていなくないですか？とくに木下部長、人事部なワケですし」

それで思い出したのは、営業企画部の生田さん。嶋原部長の口臭について、似たようなことを言っていた記憶がある。

――知ってて知らん顔するのって……なんだか、毎日イヤだったんですよね。

「じゃあ、あれは……」

眞田さんなりの、特大の優しさということだろうか。

だとしても、それはぜひ部長とふたりだけの時にやっていただきたい。

「それに、木下部長。アレぐらいで、キレる人じゃないですって」

「なんで、そう思ったんです？」

「いや、なんとなく」

「えぇぇ……」

このコミュニケーション・モンスターが、どのようにして形成されたのか――。

その一端を垣間見ることができたので、あの拷問《ごうもん》のような時間にも意味があったのだろうと、なんとか自分に言い聞かせることにした。

▽
▽
▽

どうして、こうなった――。

そう思うことはわりとあるけど、これはちょっと続きすぎではないだろうか。

「失礼します」

あの木下部長が、またもやクリニック課に現れたのだ。

「こんにちは……今日は、どうされましたか？」

昨日、社内児童クラブで見かけた時は動揺しなかった。

春の異動が終わったばかりで、今の時期は採用した新卒もいる。そんな忙しい人事部から希望で参加してもらっているので、むしろ感謝しかない。しかも毎回、学童指導員の足りないポジションを――昨日は、高学年の自習系担当がいなかったのだけど――すすんで引き受けてくれるという、ありがたさ。

それなのにクリニック課でその姿を見ると、どうにも落ち着かない。

もちろん「異動」や「人事考査」が気にならないワケではないけど、それより膀胱をチリチリと刺激してくるのは、別の理由だった。

「受診するのは初めてなんですけど、どのように手続きすればよろしいですか？」

「あ、受診ですか？」

よかった。いくら近くに眞田さんがいるとはいえ、またあの「モテるにはどうしたらいいか相談」が始まったらどうしようかと、ビクビクしていたのだ。

「でしたらこちらに社員IDをかざしていただきまして、あとはこちらの『問診表』に記入していただければ」

そしてクリップボードに留められた問診表とボールペンを渡すという、いつものお仕事。初診の場合は社員IDから自費と保険のカルテが自動的に作成されているかを確認して、問診の記入内容を見ながら、どちらかのカルテに症状などの受診目的を転記すれば——。

「お願いします」

木下部長から戻された問診票には、見慣れない文字が記入されていた。

——AGAの相談です。

なんのことだかサッパリわからないし、聞いたこともない。航空会社の略語で似たようなものは知っているけど、ぜったい関係ないはず。でもこれが何かわからないと、保険のカルテか自費のカルテか、どちらを先生の電子カルテに送っていいかわからない。

これはもう、奥の手を使うしかない。両方のカルテを「受診」に流して、先生に選んでもらうという、医療事務としてはサイテーの行為だけど——。

不意にモニター画面を無言で指さした、隣の眞田さん。

どうやら正解は、自費カルテだったらしい。

「あ、すいません」

助かった。これはもう真剣に、眞田さんのことを天使と呼んでいいかもしれない。カルテさえ送ってしまえば、あとは先生がソッコーで呼び入れてくれるだろう。

「こんにちは、木下さん。昨日も学童指導員への参加、ありがとうございました」

「いいえ、とんでもない」

先生。よくわかりませんけど、あとはよろしくお願いします。

「どうぞ、お入りください。受診は初めてでしたね——」

木下部長が診察ブースに入ったのを確認すると、ヤレヤレとため息が出た。その昔「三年がんばれば何とやら」と言われていたけど、二年目がこれでは先が思いやられる。

「や、奏己さん。知らなくても仕方ないですよ」

そんな弱小草食動物にさえ、眞田さんは「いいんだよ」と言ってくれる。眞田派の女性社員でなくても一か月ほど一緒に働いたら、かなりの高確率で勘違いして感情を揺さぶられるのではないだろうか。

「でもあれ、医療的な相談なんですよね？」

「ＡＧＡですか？　Androgenetic《アンドロゲネティック》 Alopecia《アロペシア》は、男性ホルモン型脱毛症の略です」

「……脱毛？」

「薄毛とか、ハゲのことですよ――」

薄毛はともかく、もうちょっと言葉を選んだ方がいいような気がする。

ただ、木下部長に「これ何の相談ですか？」と聞かなくて正解だったのは間違いない。

「――男性、とくに中高年以降の間ではわりと知られている略語ですけど、女性は電車の広告以外では、あまり見ないかもしれませんね」

「あっ、電車のアレですか」

言われてみれば、ドア付近のガラスに貼ってあるのを見たことがあるような気がする。

「あとはスマホでその手の広告を一度でも触ると、嫌っていうほど出てきますけど」

「そっちは見かけないですね」

「ともかく、健康に大きな支障をきたすものじゃないですから、保険適用も医療費控除も対象外ですよ」

とはいえ女性にとって薄毛は一大事で、精神健康的にも大きな支障をきたす。なんだったら【女性相談窓口】の適用もあると思っているぐらいだ。そう考えると、実は男性にとっても同じような気がしないでもない。

「でも、木下部長。そんなに、気にするほどでもないような……」

「気にする人は気にしますよ。医療ってより、美容ですけどね」

ダメだ、決めつけてはいけない。美容の意識は、人それぞれ。男性だって、いろいろ気にしていいのだ。

　とはいえ――。

「先生、大丈夫ですかね」

「何がです？」

「だいたい何でもできるし、何でも知っているとはいえ、基本的には小児科医じゃないですか。さすがに、男性の薄毛対策は」

「知らないと思いますよ」

「え……どうするんだろう」

　眞田さんが真顔のまま指さしたモニターでは、すでに「診察中」が「会計待ち」に変わっていた。診察開始から五分も経っていないし、処方も出ていない。

「リュウさんも、まさかＡＧＡの相談とは思わなかったんでしょうね。きっと正直に知識と経験がないって平謝りして、薬局課《オレ》に丸投げしたんだと思います」

「眞田さんに？」

　そこは、皮膚科に紹介ではないのだろうか。

「皮膚科を受診しても、やっぱり『自費診療』になりますからね。その前に」

　相変わらず口に出していないことまで、眞田さんには筒抜けのようだった。

　そう。自費診療の費用は天井も底値も存在しない、言い値《ね》の診療だ。

インフルエンザの予防接種がいい例で、値段設定は各病医院任せのためルールはない。開業クリニックなどでは所属する医師会から価格設定が提案されたり、近隣のクリニックに職員が探りの電話を入れて値段を聞き出し、それより少しだけ安くしたりすることもあるという。中には「早期予約割引」や「小児の二回接種セット割引」を設定したりなど、ビジネス的な一面が強いと先生が言っていたのを思い出す。

ちなみにクリニック課は三ツ葉社長と相談の上、インフルエンザの予防接種費用＝ワクチンの卸値となった。つまり去年は一箱＝2バイアル瓶の単価が4720円だったので、1バイアル瓶は2360円。1バイアル瓶で2人打てるので、1人分は1180円。お釣りがめんどくさいだろうから端数は会社が持つと社長が決めてしまったので、ライトク社員のインフルエンザの予防接種代金は1000円となったのだった。

「眞田さんは、患者さんにAGAの説明ができるんですか？」

「診断と処方はできませんけど、知識だけなら」

そう言って笑うと、こめかみを指でトントンした。

こういう仕草が自然にできるようになったら、木下部長もモテるだろうか——そんなことを考えていると、診察ブースを出てきた木下部長は予想通り、まっすぐに眞田さんの元へとやってきた。

「すみません、眞田さん。先生から、こちらで説明を聞くようにと……」

「あー、はいはい。承知しておりますよ」

カルテの記載を見てみると、最後に「会計不要」と★マーク付きで書いてあり、次の行には「皮膚科あるいは薬局課での相談を勧めた」と締めくくられていた。何も力になれないと、先生はだいたいこの「会計不要」パターンにするのだ。

「眞田さん。遅ればせながら、読ませていただきました」

「……何をです？」

「女性雑誌と、女性コミックです」

AGAの前に、想定外の話から始まった。

まさか木下部長、眞田さんの言ったことを守ったというのだろうか。

「あ、そうなんですか。なに読まれました？」

「とりあえず帰りの本屋で買えたのが『BERYL』と『STREET』と『CLASSIC』という雑誌で、あとはマンガ雑誌で『別冊ブレンド』と『スイーツ』というのを」

「えっ！　別ブレとスイーツまで読んだんですか⁉」

本屋で女性雑誌を三冊、ためらわずにレジへ持って行ったことだけでもすごいというのに、まさか高校生の頃に愛読していた少女マンガ雑誌まで二冊も買っていたとは。

「はい。働く女性や育児をされている女性のファッション感や憧れ、三十代前後の女性のお仕事やライフスタイル、四十代前後の女性のお買い物の傾向や気になる健康問題など、知らなかったことばかりで大変勉強になりました」

「まぁ、実際は少し違うと思いますけど……ザックリ傾向を知るには、いいですよね」

「マンガの方は、さすがに参考程度というか」

「ははっ。ですよね」

五十代男性の木下部長に、あの二冊はいろんな意味で難しいだろう。

ただ眞田さんの表情はこの前と違って、とてもにこやかだった。きっと、ここまで木下部長が真面目《まじめ》に応《こた》えてくるとは思っていなかったのだろう。

「森先生は、ＡＧＡについても眞田さんの方が詳しいと仰《おっしゃ》ってましたが」

「ドラッグストアに勤めてたことがあるんですよ」

「あぁ、それで。やはり、相談は多かったですか？」

「どうですかね。買って行かれる方は多かったですけど、質問されることはそんなに多くなかったですよ。どこか『恥ずかしい』って気持ちに、負けちゃうんですかね」

「たしかに、女性の薬剤師さんには聞きづらいかもしれませんね」

それを聞いて、今回も間違いなく「女性にモテること」を意識しての受診だと思った。

ここまで一貫した信念に近いものだと、むしろ清々しささえ感じてしまうけれど、今日も眞田さんがいてくれて助かったことだけは間違いない。

「じゃあまず、ＡＧＡの概略からご説明しますね。たとえば、日本皮膚科学会から出ている『男性型および女性型脱毛症診療ガイドライン』ですけど――」

そう言って始めた眞田さんの説明は、先生もビックリのレベルだった。

（1）疾患の概念
毛が生えて抜けるまでの周期を繰り返す過程で、成長期が短くなり、休止期にとどまる毛包が多くなる。前頭部や頭頂部の頭髪が軟らかく細く短くなり、最終的には頭髪が皮表に現れなくなる現象。

日本人男性の場合には二十歳代後半から三十歳代にかけて著明となり、徐々に進行して四十歳代以後に完成される。

二十代で約10％、三十代で20％、四十代で30％、五十代以降で約40％に認め、年齢とともに高くなる。

女性型脱毛症は、男性型とは様々な面で違う。

（2）診断
問診により家族歴、脱毛の経過などを聴き、視診により額の生え際が後退し、前頭部と頭頂部の毛髪が細く短くなっていることを確認するだけ。皮膚科では、拡大鏡やダーモスコピーという機材を使うこともある。

ただしゆっくりと頭髪が抜け、頭部全体が疎になる「円形脱毛症の亜型」など他の疾患を除外することが重要。

「なるほど。私はあてはまると思うのですが、どうでしょうか」

たしかに木下部長の頭頂部は「心許ない」けれど、髪がなくなっているわけではない。おでこも広くて皮脂でテラっているとはいえ、それが脱毛症の部類に入るかどうか。

「すみません。オレ薬剤師なんで、診断は勘弁してください」

「あ、失礼しました。お詳しいので、つい」

ここまで詳しいと、ちょっと勘違いしてしまうのも無理はない。とはいえ眞田さんは、決して医師との境界線《ボーダーライン》を越えることはない。

「なので診断と治療については、原則的には皮膚科受診が必要なんですけど――」

「先生は、ドラッグストアで手に入るものもあると」

「――ですね。数社から発売されている『ミノキシジル』という血管拡張薬として開発された成分の入った外用液は、処方箋なしで買うことができます」

「薬局課《ここ》でも取り扱っておられますか？」

「今は在庫ないですけど、取り寄せますよ。第一類医薬品ですから、どうせドラッグストアに行っても薬剤師がいないと買えませんし」

薬剤師さんがいないと買えないドラッグストアのお薬だと、有名なところでは通称「H2《エイチツー》ブロッカー」と呼ばれている胃薬と同じ扱いということだ。

「強い成分なんですか？」

「強いかどうか以前に、外用液の塗り薬ですからね。副反応で多いのは痒《かゆ》みや発疹《ほっしん》、皮膚の発赤や炎症です。それに元々が血管拡張薬ということを考えれば、当然ながら心臓血管系や血圧なんかに持病のある場合は、必ず主治医と相談してからにしてくださいね」

「幸い、そのあたりは大丈夫そうですが」

「ミノキシジルの心配ごとは、なんと言っても『初期脱毛』ですよ」

「脱毛……？　治療薬なのに抜けるんですか？」

「内服で起こりやすいんですけど、外用でもあります——」

（3）毛周期《もうしゅうき》／ヘアサイクル
成長期：髪が成長する段階。毛母《もうぼ》細胞の分裂が活発な時期。
退行期：休止期に移行する過程で、二、三週間ほどかけて寿命を迎えた髪が抜け落ちる。
休止期：髪の成長が完全に止まり、古くなった髪が抜け落ちる。

「――ミノキシジルでこのサイクルの休止期が短くなり、早く成長期に移行するんです」

「あぁ、だから最初に」

「ですね。約二週間前後で一時的に抜け落ちる現象を『初期脱毛』と呼びます。だいたい一、二か月ほどで終わるって言われてますけど、やっぱり目標とは真逆の脱毛が起こると、ヘアサイクルを整えて髪の毛を育てるのに必要だとわかってても」

「ちょっと、動揺しますすね」

隣で聞いているだけなのに、やたら勉強になる。やはり病院やクリニックでは「知らないことは罪」なのだと、あらためて痛感した。

「どうします？　取り寄せますか？　もし取り寄せるなら、ミノキシジルの配合量が違う、1%と5%のヤツがあるんですけど」

「そうですね――」

木下部長は考え込んだ後、最も無難で確実な方法を選んだ。

「――じゃあ、皮膚科へ相談に行って確実に診断を受けてから、こちらで買わせていただくことにします」

「いい選択だと思います」

それを聞いた眞田さんも、なんだか満足そうだった。

「それでは、松久さん」

「はいっ⁉」

なぜ、今さらこちらへ——という言葉を、なんとか飲み込んだ。

「お会計を」

「あ、あのですね。先生からは、お会計不要の指示が出ていますので」

「しかし、医師に相談したのですから」

「そう、言われましても……はい」

なんだか助けてもらえるのが当然だと、甘えているようで嫌なのだけど、やはり助け船を出してくれるのは眞田さんだった。

「いいんですよ、木下部長。ここはクリニック課、福利厚生部門なんで」

もしかして隣に眞田さんが常駐するのは、人間としての成長を促すという意味では、よくないのではないだろうか。

「何から何まで、申し訳ありません」

「とんでもない。皮膚科の紹介状、必要そうなら言ってくださいね。リュウさんに書いてもらいますから」

深々とお辞儀すると、木下部長はクリニック課を後にした。ここまでキチンとした人なのに、今まで女性にモテたことがないとは不思議でならない。

「いやぁ……まさか、ホントに実行するとはなぁ」

ひと仕事終えた感のある眞田さんは、妙に感心していた。

「何をです？」

「ほら。前に、女性向け雑誌を読めって言ったら」

「かなり読まれてましたね」

「食いつき、いいですね。やっぱ気になりました？」

「や、すいません……つい」

「きっとすぐ、皮膚科も受診されるでしょうね」

木下部長のような患者さん——医師や薬剤師の指示を理解したうえできちんと従う患者さんのことを、先生は「コンプライアンスのいい患者さん」と呼んでいる。

一般的には法令遵守《ほうれいじゅんしゅ》や、社会的道徳などに従うという意味で使われる単語、コンプライアンス。医療現場ではコンプライアンスの悪い患者さんは、いくら最善を尽くそうとしても、ちっとも言うことを聞いてくれないらしい。もちろんそれは病医院と患者さんとの間に信頼関係があるという前提だけれど、そこには患者さん側の「アドヒアランス」——治療方針に賛同して積極的に治療を受けよう、治そうとする意欲も重要になるのだと、先生はコンプライアンスとアドヒアランスをセットで評価することが多い。

「それより、眞田さん。なんであんなに詳しいんですか？　ドラッグストアに勤めていたと言っても、なんだか病院で説明を受けてるような気分になりましたけど」

「正しい知識を得るのに医師国家資格は要らない——昔からリュウさんに、ずーっと言われ続けてきましたからね」

たしかに先生は、それをよく言うけれど。

「それにしても」

「各学会が出しているガイドラインや診断基準の、最新版を必ずチェックすること。ネットの検索エンジンは使わないこと。あとは医学文献のサーバーに登録して、ちゃんとした論文を読み漁ること、ですかね」

「……それ、全部やってるんですか？」

「必要があれば」

薬局窓口がクリニック課の中に戻って来てから気づいたのだけれど、これで納得できた。どうりで患者さんがいない時でも、なにやらカチャカチャとキーボードを叩きながら、デスクで文字だらけになったモニターを眺めているはずだ。

そんなことを、笑顔でサラっと言えるように——なれる気が全然しないので困る。

そこへ珍しく気まずそうな顔で、先生が診察ブースから出てきた。

「すまなかったな、ショーマ」

「いえいえ。とんでもないでーす」

「飲むか？」

「……なにを？」

「コーヒー」

「あ、淹れてくれるってこと？」

「いや、社食で」

「なにそれ。おごりってこと？」

「今はまだ、診療時間内だからな」

「じゃあ今日は、社食でメシ食うの？　オレ、桃尻中華のデリバリー予定なんだけど」

「俺はパンを買ってきた」

「待って、待って。コーヒーだけ買いに行くんなら、そこで淹れてくれればいいから」

先生なりの感謝の気持ちなのだろうけど、これはさすがにわかりにくい。

「それより、ショーマ。ちょっと、わからないのだが……そこまで目立つ薄毛ではないのに、なぜ木下さんはあれほどAGAを気にされるのだろうか」

そうきたか、と眞田さんの顔に書いてあった。

「リュウさん。診察ブース《なか》で木下部長に、何か聞かれなかった？」

「……何かとは？」

木下部長、さすがに先生には「モテる秘訣」は聞けなかったのだろうか。先生は何も気づいていないようだけど、そもそも気づけるのかという問題もある。

「派閥とか、人気とか、そういう話だよ」

「人気？　そういえば、女性社員の派閥をずいぶん気にされているようだったが、やはり人事部は大変な部署だな」

「あー、まぁ……うん」

「それとＡＧＡに、なんの関係が？」

やはり話は出たらしいけど、先生にはまったく伝わっていないようだった。

これぞ、森クオリティ。

でも、それがいい――。

そんなマンガのようなセリフが、これほどピッタリくる人も少ないと思った。

▽　▽　▽

元気があれば何でもできる、とは思わない。

でも美味《おい》しい社食があれば、出社ぐらいならできる気がしてならない。

「あっ――」

社食の入口でメニューを見てつい声が出てしまうのにも慣れてしまったのか、あまり恥ずかしさを感じなくなっているあたりが恐ろしい。少なくともトイレに駆け込みたいという電気が、膀胱に流れなくなっていた。

「——また、こんな二択にして」

安い、美味《うま》いがあたり前となった、大将の仕切る社食。トレーを滑らせながら並んだ料理を取っていく方式だけれど、おかずが複数の「レーン」に分けてある。男性社員に大人気の「働き盛りレーン」はさておき、選択肢はいつも二択。いろいろと気になる人向けの「カロリー調整」か、迷ってしまう人のために平均的な推定エネルギー必要量に調整してある「定番」のどちらか。おおむね「カロリー調整」の「ごはん少なめ」になるのだけど、月に何度かは迷いが生じる。

それは勝手に、大将からの挑戦状だと思っている。

「今日の定番は『アスパラの肉巻きフライ』なんだ……」

春のアスパラは、軟らかくて美味しい。それを肉巻きにしてフライにするのだから、さらに美味しい。サンプルを見る限り、アスパラは贅沢《ぜいたく》に三本巻いてあるのが切り口からわかる。しかも揚げ物の時は大将特製の「味噌ダレ」が選べるのだけど、これが牡蠣《かき》フライの時に美味しいと知ってしまって以来、わりとフライが選択肢から外せなくなっている。

もうフライが食べたいのか味噌ダレが食べたいのか、わからないレベルだ。

「でもなぁ、肉とフライは……」

お話大好き高野さんの影響で、食事の記録を付けるアプリをスマホに入れた。もちろん差し迫ったダイエットは必要ないと管理栄養士の関根《せきね》さんにも言われているのだけれど、入力するのが日記みたいでわりと楽しい。

そこで知ったのが「飽和脂肪酸《ほうわしぼうさん》」の威力。揚げ物やお肉を食べると、だいたい推奨摂取量を軽く超えてくるのだ。せっかく摂取カロリーを目標内に留めたのに、一項目だけ突き抜けて赤字になっている——それが飽和脂肪酸。大好きだったデニッシュやドーナツも「要注意」に認定せざるを得なくなってしまった。

「でもなぁ、カロリー調整は『桜エビと春キャベツのペペロンチーノ』か……」

桜エビも、春キャベツも好き。なにより、すごく春らしい。それがカロリーを調整されたパスタになるというのだから、本来なら飛びつきたいところ。

「でもなぁ、ペペロンチーノは鷹《たか》の爪とかの唐辛子が……」

ガーリックはいい。ハミガキして、うがいして、眞田さんオススメのタブレットを飲めば、午後の外来はなんとかなる。そもそも、マスクでなんとかなる。

でもピリ辛は正直「食べられないことはない」けど「ないに越したことはない」レベルの、好みじゃない味付け。麻婆《マーボー》系の料理に二の足を踏むのも、辛さが原因。辛みなしのペペロンチーノがあれば迷うことはないのに、サンプルにはちゃんと赤い小粒が散らしてあるから困ったものだ。

「らっしゃい、松久さん」

「あ、大将」

奥からわざわざ、大将がレジまで出てきた。

「ちゃんとサポーター、つけてますからね？」

「リハビリもですよ？」

「やってます、やってますって」

でもこの顔、それをアピールしに来たのではない気がする。

「今日は、ど、っ、ち、にします？」

間違いない。ヒマだから、悩んでいる姿を見に来たのだ。

「これ、難しいですよ」

「えっ。味噌ダレ、好きっスよね？」

「大将……」

クリニック課のお昼は他の部署と違って一時間遅く、社食はピークを過ぎてわりとヒマな時間帯。そこへほぼ一年間通い詰めているのだから、味の嗜好と傾向を覚えられても不思議はない。その上でわざわざ奥から出てきたということは、やはり「選べなくて困っている顔」が見たかったに違いないと思う。

「あっ、ピリ辛が苦手でしたっけ」

「……はい」

これは絶対、ぜんぶわかっている顔だ。

「客も引けてヒマなんで、ペペロンチーノは鷹の爪ナシで作りますよ？」

「えぇぇ……」

その提案は卑怯《ひきょう》、ズルい。

ペペロンチーノのハードルが取り払われてしまうと、アスパラの肉巻きフライを選ぶ言い訳がなくなってしまう。一択になって嬉しいはずなのに、なぜか悔しいというか名残惜しいのは、人が定めし罪と罰というやつだろうか。

「さすがに揚げ物とパスタを小鉢でちょっとずつって、食い合わせ的にどうなんです？」

おかしい。顔に出てしまったのか、完全に見透かされている。

「も、もちろん。それは……」

「ですよね」

負けました。もう負けでいいですから、今日は心のままに飽和脂肪酸には目をつぶり、味噌ダレの付加価値を理由にアスパラの肉巻きフライを——。

「アスパラは大量に仕入れたんで、明日も『定番』で肉巻き出しますよ」

「えっ？」

「味変《あじへん》で、タレ焼きにしますけど」

「えっ⁉」

ということは、フライ分の飽和脂肪酸が減るということだ。

必ず救いを用意してから、困った顔を楽しむ大将。夜の居酒屋が長かっただけあって、ホント客商売に慣れてらっしゃる。

「で、どっちにします？」

そんなの、明日「アスパラの肉巻き」をタレ焼きで食べればいいに決まっている。

「じ、じゃあ……お言葉に甘えて、鷹の爪ナシのペペロンチーノで」

「はいよ！」

「あ、あっ！　大将？」

「なんスか」

「ちなみに、明日の『カロリー調整』って……なんです？」

「ははっ。それは明日になってのお楽しみっスよ」

日課を終わらせたかのごとく、大将は笑いながら厨房《ちゅうぼう》へ引っ込んで行った。

ライトクの社食、最高と言わざるを得ない。すいません、社員の皆さん。こんなインパラ系草食動物が、こっそり社食で特別扱いなんかしてもらって。

そんな申し訳ないような、それでいてホクホクした気分でトレーを滑らせ、ピリ辛くない桜エビと春キャベツのペペロンチーノを受け取ってから、ようやく気づいた。

「あ……」

どれだけランチに浮かれていれば、これを見逃すというのだろう。人もまばらな社食に、あ、あの人の姿を見つけてしまった。

そう。人事部の木下部長が、定番の「アスパラの肉巻きフライ」を食べていたのだ。

「……別に、話しかける必要はないか」

社内児童クラブでもお世話になっているし、最近ではクリニック課を二度も訪れている木下部長。だからといって向かいにトレーを置いて、ご飯を一緒に食べる必要はないだろう。部署も違うし、患者さんとクリニックの受付なのだ。挨拶ぐらいはしてもいいと思うけど、それで通り過ぎたところで社会的にはOKのはず。もしも挨拶したのをきっかけに、わざわざ席を移動してきたら——そこまで考えるのは、予期不安がすぎるというものだ。

それでもやっぱりモヤモヤしながらトレーを持って社食の隅をこっそり目指していると、必然ではないかというタイミングで部長と目が合ってしまった。

これだけで心拍数を上げる我が身体《からだ》を、我ながら哀れに思う。

にこやかな笑顔でお辞儀を返すぐらい、あたり前のこと。目が合ったのに無視するなんて、とても社会人のやることではない。でも以前はそう思いながら、視線を少しズラして「目は合ってません、あなたの向こうを見てます」と、スルーしていたことを思い出す。

「松久さん」

「はいっ!?」

どうして、こうなった——。

そう思うことはわりとあるけれど、これはちょっと続きすぎではないだろうか。

「ここ、よろしいですか？」

予期不安は的中。まさかの木下部長、食べかけの「アスパラの肉巻きフライ」を載せたトレーを持って、あろうことか向かいの席にわざわざやってきたのだ。

「……え？　あ、はい」

同じ会社で顔見知りの人に「ここ、いいですか？」と聞かれて「ダメです」と答えられる人が、どこの世界にいるだろうか。少女コミック雑誌の学園モノで、主人公をイジメる強烈な当て馬キャラぐらいしか、そんな排他的で敵対的な受け答えはできないと思う。

「私もスパゲッティと、悩みましたよ」

「そうなんですか。どちらも、捨てがたいですよね」

このまま社食メニュー談義が続くなら、なんとか耐えられるような気がしないでもない。でも、ペペロンチーノを鷹の爪ナシで作ってもらったのは、黙っておくことにしよう。

「ところで、関くんは大丈夫そうですかね——」

ずいぶん急な角度で、社食談義から離れていったものだ。

しかも、監査室の関さんの話題になるとは。

「新卒採用や異動後のフォローアップは、他の者に任せてあるんですけどね。彼の異動だけは、私の推薦ですから……私が責任を持たないと」

ライトクの人事課が人事部に昇格したのには、ワケがある。「会社の基盤は人であり、その人材が抜け落ちることは、会社の基盤が崩《くず》れることを意味している」という社長の言葉が、いかに本気かというのが最初に現れたのが、実は人事課の昇格だった。

それまでの人事課といえば、採用、異動、入退社の手続き、給与計算、新卒の研修などが主な仕事だった。ところが社長が求めたのは、人材教育や社員のキャリアアップのための育成プランの作成や実施、さらには離職率を減らすための人材戦略など、業務内容も規模も以前とはまったく異なる「社員という名の人的資産管理」が柱となったのだ。

とはいえ――。

「私からは、なんとも……」

明らかに木下部長は、監査室へ異動した後の関さんに対して、強い責任を感じている。でも、関さんの現状について話すことはできない。

幸いそのことに、木下部長はすぐに気づいてくれた。

「あっ、失礼しました。そうですよね、そうでしたね」

「……すみません」

「昔の人間は、どうもいけませんね。かなり意識しないと、すぐに本人の知らないところで話を聞き出そうとして」

医療従事者《コメディカル》の端くれとなった今、守秘義務というものを強く意識するようになった。それと同じように人事部だけでなく、広く一般的にも「人の話をする」際には、意識改革が必要な時代になったのだと思う。

つまり、木下部長のテーブル移動は無駄になったワケだけど——。

この気まずいムードの中、せっかく大将が鷹の爪抜きで作ってくれた「桜エビと春キャベツのペペロンチーノ」の味がわからなくなったのは、とても悲しいことだった。

「実は私、婚活をしてるんですよ」

その不意打ちに、心臓がばくんと血液を吐き出した。

ちょっと、何言ってるかわからない。

聞き間違いだろうか。ついさっきまで関さんの話をしていたのだから、そこから「婚活」の話になるはずがない。しかも主語が「私＝木下部長」なのだ。

「……はい？」

「恥ずかしながら私、この歳までずっと独身なんです」

間違いなく「私」と言った。つまりこれは急な角度にもほどがありすぎるけど、木下部長の婚活話で間違いない。ついに先生の急な角度をも超える、超絶な話題の振り方をする人が出現してしまったのだ。

どうして、こうなった――。

そう思うことはわりとあるけど、これはちょっと酷《ひど》すぎると思う。

「は、はぁ……」

どうすればいい、どう応えればいい。心臓はバクバク鳴りっぱなしだし、嫌な手汗が止まらない。この際、素直に膀胱の刺激に従ってトイレに立たせてもらうのもアリだろう。

いや、三十歳になったのだ。少し冷静に考えてみよう。

これは木下部長が持つ、人事部固有の会話スキルかもしれない。長年の人事考課の経験から体得した、他の部署と接する時に感情の摩擦を最低限に抑えるための、肉を切らせて骨を断つ的なヤツ。歩くだけで「異動」や「人事考査」を囁《ささや》かれる中、その痛い視線と空気を紛らわせるための、切り札的なネタ――。

だとしても個人的には、決してランチのオトモに聞きたいような楽しい話題ではない。

そもそも木下部長は「五十代男性＝自分の婚活話」を、どう感じているのだろう。

五十代でも六十代でも、結婚したいと思うこと自体に抵抗はないし、むしろそれでいいと思う。ただ本人からしてみれば、そんなことを社食でそれほど親密でもない顔見知り程度の社員に話すのは、あまりにもストロング・ハートすぎないだろうか。

そこで不意に思い出したのは、前に眞田さんが木下部長を見てつぶやいた言葉だった。

――いやぁ。しかしまさか、ノーダメージとは。

あれは人事部の部長たる者、こんなことぐらいでは「痛みさえ感じない」ということだったのかもしれない。

「婚活を始めて、三年になるんですけど――」

木下春彦、五十一歳。中肉中背で大病を患ったこともなく、髪には白髪がスジ状に交ざり、AGAを心配する程度には頭頂部が心許ない。

「私、趣味は『資産運用』でしてね。とりあえず今後の生活には不自由しないぐらいの、貯金はできたんですよ。無趣味はいけないと思って始めてみたんですけど、思ったよりうまくできたのではないかと自分では思ってます」

「なるほど」

会話の内容には驚かなかった――というより、まったく興味がなかったので、思考回路を経由せずに相づちを打ってしまった。

その前にこれは、誰に対する、何のアピールなのだろう。

「私、社内児童クラブが好きなんですよ」

「あぁ……はい」

もっと言えば、ペペロンチーノの味がまったくしなくなって困っている。こんなことなら、むしろ鷹の爪を多めに入れて作ってもらった方がよかったかもしれない。

「なんていうか、未来に貢献できている気がして」

「ですね。それはありますよね」

ともかく「木下部長の素顔」を知ってもらえさえすれば、普通にいい人だと思うので、そのうちご成婚されるのではないかと思う。

「私も子どもが欲しいので、お相手には『三十代の女性』を希望しているんですけど」

「グフッ、ガフッ――」

「大丈夫ですか？　お水、持って来ますか？」

あやうく、パスタが気管支に入り込むところだった。

「いえ――ゲフッ、ゴフッ――だ、大丈夫――グフッ――す、すいません――コフッ」

後先考えずにコップのお水を飲み干したけど、なんとかそれは噴き出したりむせたりせずに済んだ。

危ない。これが先生の言う「誤嚥性肺炎《ごえんせいはいえん》」の入口になっていたかもしれない。

その昔、先生が属していた研究所の医師数名と、タイ料理屋さんで飲み会をした時。ひとりの医師が笑った勢いでトムヤムクンを気管支に誤嚥したという。吸い込んだのはごくわずかなスープとはいえ、なにせトムヤムクンには、唐辛子からレモンからニンニクから、刺激に富んだものが沢山入っている。その先生は涙を流しながら三十分ほど咳《せ》き込み続け、お店の人も心配して寄ってきたものの、良くも悪くもテーブルは全員が医師。苦しいのはわかるけど咳き込んで異物＝辛み成分満載のスープを外に排出するしかないと知っているし、早急な処置が必要な状態ではないと速攻でトリアージ。笑い話になっただけで終わったものの、お年寄りなどはそれがきっかけで肺炎になるのだと教えてもらった。

やっぱり、大将に鷹の爪を抜いてもらってよかったと感謝した。

「それが、なかなかマッチしなくて」

「は、はぁ……」

それにしても木下部長、今日の会話は急な角度で切り込みすぎではないだろうか。

――お相手には「三十代の女性」を希望。

それについて、どうしてもひとつ進言をしたくなった。

長寿高齢化社会になったとはいえ、いくらイケオジ雑誌の表紙を見ても、正直なところ「五十歳」と言えば「初老男性」だと思ってしまうのが、嘘偽《うそいつわ》りのない個人的な気持ち。

源平合戦の時代から「人間五十年」と言われていたはずだし、織田信長も好んで舞っていたと聞いたことがある。そもそも平均寿命が五十歳を超えたのは、たしか昭和の戦後からではなかっただろうか。

だいたい子どもが今日生まれたとしても、その子が二十歳になる頃には、木下部長は七十歳を超えてしまう。公的な区分で七十歳といえば前期高齢者で、そこから五年もすれば後期高齢者の仲間入り――それが五十歳の現実なのだ。

どうやら木下部長、それを客観的に考えることができない、あるいは認められないのかもしれない。趣味が資産運用で、とりあえず今後の生活に不自由はしないと言ってきた理由は、生活費や養育費に問題はないというアピールとも考えられる。

違う。一番のポイントは、そんなことじゃない。

いくら木下部長がいい人だとしても、ただ「子どもが欲しい」という理由だけで「三十代女性と結婚したい」というのは、いかがなものだろうかということだ。

もちろんそれは心の中で力説するだけで、口にすることはないのだけど。

「眞田さんから教えていただいた雑誌で、勉強はしてみたのですが……実際、三十代の女性に気に入られるには、具体的にどうしたらいいんですかね」

辛い。たしかに四月七日で三十代女性になった当事者とはいえ、思っていることのカケラも伝えることができない。早く食べ終わって、早くお昼休みが過ぎますように――そんなことを願ったのは、クリニック課へ異動になる前の総務課時代以来だった。

「あら？　何してるの」

神は有給を取って、バカンスに行っているわけではなかった。

「高野さん！」

この絶望的な状況に救いの手を無意識に差し伸べたのは、相変わらず隙《すき》をみては総務課を抜け出してコーヒーブレイクをしている、お話大好き高野さん。いつも言っていた「なんか面白そうな話の匂いがする」というヤツを、感じ取ったに違いない。湯気の立つコーヒーカップを片手に、ためらうことなく隣に着席してくれた。

「ちょっと、珍しいじゃない。人事部の木下部長とランチなんて」

「そうなんですよ。たまたま」

「これ、普通じゃ絶対あり得ない組み合わせでしょ。なになに、何の話してたの？　えっ、もう異動の話とか？」

まさか婚活話だとも言えずに困っていると、木下部長が答えてくれた。

「いえいえ。異動だなんて、とんでもない」

「あっ！　もしかして、面談中でした⁉　だったら、あたし行かないで、救いの神さま！

「いいえ。私の友人から相談されて困っていたので、ちょっと女性のご意見をと」

それを聞いて、半分イスから腰を上げていた高野さんは、ストンと座り直した。お話大好き、高野さん。その中でも、相談話は大好物だ。

「へー。どんな相談されたんですか？」

しかし、さすがは人事部の部長だ。まさかよくある「これ、友だちから聞いた話なんだけど」の形式に持ち込むとは——この展開、以前にもあったような気がする。

「実は、初婚で婚活をしているらしいのですが」

「その方、おいくつなんです？」

「五十一歳です」

「なるほど」

やはり高野さんも、五十代初婚男性の婚活自体には抵抗がないらしい。

それを察した木下部長は、これまで話したことをキッチリすべてもう一度繰り返した。

「――らしいです。具体的には、どうしたらいいんですかね」

高野麻里《まり》、三十四歳。もしもタバコを吸う人なら、ここで一本くわえてシュボッとかっこいいライターで火をつけ、大きく吸い込んだ煙を吐き出したことだろう。

もちろん高野さんはタバコを吸わないので、コーヒーをひとくち飲んでこう告げた。

「逆にですよ？　結婚相談所で三十代の女性が、五十代の男性からお見合いの申し込みを受けたら、どう感じると思います？」

「え……」

高野さんの視線は、いつになく鋭いものだった。

「三十代女性にとって、その意味は『自分の婚活市場価値が低い』ということになるんじゃないですかね。あくまで個人的な意見ですけど」

「……価値が低い？」

「きっと三十代の女性は、申し込み相手はアラサーの男性、あってもせいぜい四十代前半ぐらいまでじゃないかと想像していたわけですよ。あくまで個人的な意見ですけど」

その口調も、いつもの「お話大好き高野さん」とはぜんぜん違う。

これは三十四歳、高野麻里としての言葉なのだ。

「ところが自分には三十代や四十代ですらなく、こんな年上の男性が申し込んでくるのかと、軽く干支が一周するまで相手にされないのかと。それはもうね、ダメージでしかないわけですよ。あくまで個人的な意見ですけど」

繰り返される「あくまで個人的な意見ですけど」が気になるものの、たしかにそんな気持ちになる理由には納得してしまった。

「……なるほど。それは、まったくもって考えもしなかったですね」

タバコはキライだけど、勝手ながら高野さんにはここで深く吸い込んだ煙を、眉間にシワを寄せたまま天井に向けて吐き出して欲しかった。それは無理なので、せめてテーブルに片肘をついて、木下部長を見据えたまま斜に構えてコーヒーを飲んで欲しかった。

もちろん、そんな横柄な態度を取る人ではないのだけれど。

「ただね、木下部長。あたしは別に、その男性だけに問題があるって言ってるワケじゃないんですよ」

「と、申しますと？」

「女性側にも問題があるワケですよ。高望みはできないと、よくわかっている――なんて言いながら、幾つになっても選ばれるより『選びたい』ってのは、どうなんですかね？」

「……どうなんでしょうか」

「挙げ句に自分のことは棚に上げて、相手の欠点ばかりを挙げて断り続けるのは、どうだってことですよ。あくまで個人的な意見ですけど」

熱い。高野さんが、いつになく熱い。

いったいこの「高野式婚活論」は、どこで学んだものなのだろうか。木下部長なんて、そんな圧に押されてメモまで取り始めている。

しかし、チャンス到来。これを逃す手はない。

そっと空気のようにその場を去るスキルは、ありがたいことにまだ健在だった。

「……お先に失礼します」


その日を境に、木下部長がクリニック課に顔を出すことはなくなった。

その代わり、社食で木下部長と高野さんが話し込む姿を見かけることが増えた。

結果、社内では総務課での人事異動の噂が絶えなくなってしまうのだった。

【第四話】検査　検査　同意書　検査

クリニック課へ異動になって二年目。

これまでとくに体調を崩すこともなく、よくやってこられたものだと、我ながら思う。

受付にやってくる人には当然、咳やノド痛《いた》、発熱などの症状を訴える人がいる。インフルエンザの流行シーズンも、わりと長かった。去年は夏から秋を飛ばしていきなり冬になったような寒暖の差だったけど、お腹のカゼも流行ったけど、季節外れの感染症も流行ったけど、それでも不思議ともらうことなくやり過ごしてきた。

それなのに何も流行っていない今、朝起きてすぐに頭痛とは、どうしたことだろうか。

もしかするとこれが、覚えたばかりの緊張型頭痛なのだろうか。

「……やっぱり、今日も痛いな」

週明けから軽い頭痛があったものの、ブルーマンデーのせいだと思っていた。

でもよく考えたら、別に出勤したくないわけではない。むしろ入社以来、初めての「やりがい」というか「居場所」というか、そういう帰属感さえある。それでもやっぱり月曜はダメということか——そんなことを考えているうちに、水曜の朝になってしまった。

「うーん……」

昨日の夜は生まれて初めて、寝るまで二時間以上かかってしまった。寝るのサイコー、お布団サイコー、寝落ちる手前の現実離れ感サイコーな人生だったのに、三十年目にして寝落ち一分の記録更新に、頭痛がストップをかけたのだ。

まさかこれも、三十歳になったことが原因だというのか。

最後に見た時計の針は、深夜二時すぎ。フトンに入っても寝られない人の気持ちが、少しだけ理解できた気がする。おまけに睡眠が五時間以下だと、かなり体がしんどい。それに加えて、ずっと頭痛がしているのだ。緊張型頭痛の人がどれほど大変か、ようやく我が身のこととして実感できた。もしもまた頭痛の問診があったら、今までよりもう少し寄り添えるかもしれない——。

そんなことを考えながらも、半自動的に朝の出勤準備ができてしまうのが、社会人八年目というもの。要はこの頭痛、出勤できないほどではないということなのだ。

その証拠に、家を出たのはいつも通りの時刻。ちょっとダルくて駅の階段がしんどかったけど、そんなことは今までもよくあった。駅の改札を出てからの徒歩二十分が妙に長く遠く感じられたけど、そんなことも初めてではない。

つまり先生がよく言う「どうということはない」というヤツだろう。

「マツさん。ちょっと、こっちに」

「……え？」

そう思って始業前に軽い気持ちで先生に相談したら、なぜか神妙な顔で診察ブースに招き入れられてしまった。

「いつから？」

「あの……そんな、大変な頭痛じゃないんですけど」

「なるほど。で、その頭痛はいつからなの？」

少しも表情が変わらないのはいつも通りだけど、それにしても今日はちょっと雰囲気が違う気がする。

「……げ、月曜からです」

「今まで、日常生活に支障が出るような頭痛を繰り返した経験は？」

「ないです」

「でも昨夜は、頭痛で寝苦しかったと」

「まぁ……はい」

「痛みの場所は、どこだろうか。だいたい『おでこのあたり』か『両耳の上あたり』か『後頭部あたり』かで、わかれることが多いのだけど」

「後ろです」

カッと先生の目が開いた——と気づく人は、少ないかもしれない。

「頭痛と一緒に、気持ち悪い、吐いた、めまいがする、目の前がチカチカするなど、他の症状はあるだろうか」

「ないです。頭痛だけです」

「痛みを表現するなら『ズキズキ』だろうか、それとも『締めつけられる』だろうか」

「……ズキズキ？　ですかね」

「頭の後ろが、ズキズキ？　両耳の上あたり、つまり側頭部《そくとうぶ》ではなく？」

「はい、後ろの方です」

先生の首が斜めに傾いて、こっちを見たまま視線が止まった。

これは脳内で、いろんな情報が同時に処理されている時の顔だ。

「見ている限り動作に問題はなかったのだが、念のために——」

ずいぶん、いろんなことを聞かれた。

匂いに変化はなかったか、物が見えにくくないか、左右に動かしたボールペンを目で追えとか、ぎゅっと目をつぶれとか、口を開けて「な行」を発音しろとか、舌を出せとか。

「——脳神経十二番まで、目立った所見なし」

こんな聴診器を使わない診察を受けるのは、初めてだ。

「マツさん。人さし指を、鼻にあててもらえるかな」

ちょっと恥ずかしいけど、これも診察なのだろう。そう思いながら先生の鼻に指をあてようとしたら、なぜか先生が慌てた。

「いや、自分の鼻に」

「えっ!?」

「説明が悪くて、申し訳ない」

「すいません！　なんか、すいません！」

めちゃくちゃ心拍数が上がった。バカじゃなかろうか。どう考えたら先生の鼻に指をあてる診察があるというのか。おかげで、頭痛が心臓にあわせてズキズキと強くなった。

「ん？　いま、頭痛が強くなった？」

「……なんで、わかるんですか？」

「拍動性頭痛《はくどうせい》──心拍に一致した頭痛で、血管の拡張や脳圧の変化を示唆《しさ》する」

あまり響きがよくない単語ばかりで、なんとなく嫌な感じがする。

「とりあえず、鼻にあてたその人さし指で、このボールペンを触ってみて」

「今度は、触ってもいいんですよね」

「そう。人さし指を、マツさんの鼻からこのボールペンに」

「はい」

何の診察をしているのか、さっぱりだ。

「今度は素早く、自分の鼻に指を戻して」

「はい」

「また、ボールペンに」

今度は、ボールペンが別の場所に逃げた。

「はい」

「鼻に戻して」

「はい」

「ボールペンに」

それは、動くボールペンと人さし指の鬼ごっこ。あとで先生に意味を聞いて、社内児童クラブでやってみよう。

「指鼻《ゆびはな》試験、問題なし。これは小脳《しょうのう》の失調をチェックする診察なので」

そんなもので、子どもたちと遊んでどうする——却下だ。

その後も、やったことのない診察を何個かしてもらった。

右足のつま先に左足の踵《かかと》をつけ、今度はその左足のつま先に右足の踵をつけ、一歩ずつ歩く「継ぎ足歩行」という診察。足を組まされて膝下を小さな三角ゴムハンマーみたいなヤツで叩かれ、ビヨーンと足が反応する「深部腱反射《しんぶけんはんしゃ》」の診察。これは踵や手首や肘も叩かれたけれど、勝手に動くのが不思議でならなかった。

「最後に、診察ベッドに仰向けで寝てもらえるだろうか」

頭痛の診察でベッドに横になる、というのは想定していなかった。

ただ、今までのことを考えると、間違いなく必要な診察に違いない。

「うっ――」

「いま仰向けで横になる時、うしろ頭が痛かった？」

「はい。少しですけど」

「気持ち悪さは？」

「ないです」

「ズキズキ？」

「はい」

「でも、熱は出ていないと」

「ずっと、36度台です」

そう。昨日の夜もこんな感じで、ダルいのに痛くて寝られなかったのだ。

「では頭の下に手を入れるので、体の力を抜いて楽にして」

そう言って先生は、頭を手にして軽く持ち上げた。

「うっ――」

横になった時と同じように、頭痛が強くなる。

「ありがとう。起きて大丈夫なので」

そして、診察ベッドから起き上がる時も痛い。

そんな姿を先生にジッと観察されるのも、違う意味で痛い。

「マツさん。問診と診察だけで、あくまで可能性の話だが――」

首を傾けたまま、先生の視線が離れてくれない。

「――脳圧が、わずかに上がっている可能性が否定できない」

「……どういう、ことでしょうか」

少なくとも緊張型頭痛ではなさそうで、嫌な予感しかない。

「文字通り『頭蓋骨《ずがいこつ》という容《い》れ物の中の圧力が上がっている』と、想像してもらえれば」

「えっ！」

「いや。確信できないレベルなので、現時点ではそこまで心配しなくてもいい」

「あ、そうなんですね」

「拍動性の頭痛で、痛みの部位は後ろの方。寝られないほど痛く、直近二、三日の症状であり、以前からあるような慢性の経過ではない。寝た姿勢で頭と首を前屈させるように持ち上げると、痛くて首のあたりがこわばるのは『項部硬直《こうぶこうちょく》』という徴候《サイン》だが、ごく軽度。これらはすべて頭蓋内圧が亢進《こうしん》していることを疑わせるが、嘔気《おうき》や嘔吐《おうと》を含めて、発熱など他の症状がない。脳神経系に目立った所見がなく、深部腱反射が著しく亢進している様子もない。ということで、脳圧がわずかに上がっている可能性があると判断した」

丁寧に説明されたものの、細かいことはわからない。要は頭蓋骨の中身＝脳にかかる圧力がちょっと上がっている、ということで間違いはなさそうだ。

「あの……なんで、そんなことになったんでしょうか。別にカゼをひいてる感じとかも、全然ないんですけど」

「この診察所見と症状経過は、無菌性髄膜炎《むきんせいずいまくえん》でもあり得る」

「ず——」

髄膜炎という言葉は聞いたことがあるし、かなりヤバいヤツのような気がする。少なくとも緊張型頭痛や片頭痛《へんずつう》とは違うということぐらい、素人にもわかった。

「いや。鑑別診断として除外できないだけ、という意味で」

でもそれは、可能性があるということ。この込み上げる不安、わりとキツい。

「……ど、どうすればいいですか」

「申し訳ないが、念のために採血をさせてもらえないだろうか」

「お願いします。ぜひ。はい」

ダメだ、心臓がバクバクいって止まらない。こんな動悸が毎日、何回も起こっている関さんのしんどさが、また少しだけ理解できた気がした。

「あと念のため、膠原病《こうげんびょう》も含めて調べていいだろうか」

「膠原病⁉」

「無菌性髄膜炎の原因として、感染以外の理由としては教科書的にも有名なので」

ちょっと、話が大きくなっていないだろうか。

マズい。こう見えて、入院コースの状態なのかもしれない——そう考えただけで、さらに心拍数は上がり、服の上からでも気づかれるのではないかというレベル。そしてそれにあわせて、頭痛がひどくなってきた。

「先生……私、かなり悪いんでしょうか」

「いや。自分が長を務めるクリニックで、スタッフの症状に対して見落としなど、あってはならないことなので」

そう言いながら先生は、手早く採血の準備をしてしまった。

そこへ、いつも元気な眞田さんが出社してきた。

「はよーっす。すいませーん、遅刻はギリセーフって感じ——え、なにやってんの？」

「ん？　マツさんの頭痛が、ちょっと脳圧亢進っぽいので」

「マジで？　髄膜炎っぽいの？」

バサッと上着をデスクに放り投げて、眞田さんも診察室に駆け込んで来た。

その前に、わりとすぐ髄膜炎という言葉が出てきて、嫌な予感しかしない。

「そこまで症状は出そろっていないが……些細なウイルス感染で、脳圧が上がっている可能性が否定できない」

「無菌性髄膜炎って、いつ事故《じこ》るかわかんないもんね」

事故とは、どういうことだろうか。もう、語感にヤバい雰囲気しかない。

「ニアミスで済むような気が、しないでもないが」

ニアミスということは、危機一髪ということ。つまり、飛んでいる飛行機が衝突事故を起こす手前の状態——墜落しないだけマシ、というレベルではないだろうか。

「なんか手伝う？」

「今はいい。マツさんは不調休暇《ふちょうきゅうか》にするので、クリニック課の受付と会計だけ頼めるか。病名や算定は、手を付けずに流してもらってかまわない」

「はいよー」

「え？　あの、先生？」

気づけば左腕をまくり上げられ、駆血帯《くけつたい》を巻かれていた。

「ここに、腕を置いて」

「先生。私、そこまで」

「アルコール綿は大丈夫だったな」

「あ、はい。大丈夫ですけど、あの、私は別に」

「ちょっと、チクッとするので」

「えっ？　あっ――」

――という間に針を刺され、きれいなんだか汚いんだかわからない三十歳の血が、細いチューブを通って採血管《スピッツ》に吸い上げられていく。患者さんたちの採血はだいたいスピッツ二本ぐらいのような記憶があるけど、先生は四本目まで採っていた。

「はい。じゃあここ、しっかり五分は圧迫して。でないとせっかくのいい血管が潰れてしまって、もったいないので」

気づけば駆血帯は外され、針を抜かれたあとに大きめのブラッドバンと呼ばれる、滅菌済みパッドの付いた丸い絆創膏を貼られた。これを上からしっかり押さえておけば、一度針を差された血管の損傷も最低限で済み、次回もまた同じ場所から採血できるという。ここを疎《おろそ》かにすると血管の周囲に血液が漏れ出し、いわゆる「青タン状態＝皮下出血」となってしまい、血管がダメになることがあるらしい。

元々先生は小児科なので、採血でもその頃のクセが抜けない。小児の血管は細く、採血や点滴は大人より明らかに難しいという。だからいざ点滴治療が必要になった時、一本でも良い状態の血管を将来に残しておいてあげるため、これだけは徹底していたのだ。

それは、さておき――。

「先生。不安ではあるんですけど、別に不調休暇をいただくほどでは」

「マツさん――」

ぐいっとイスを引いて正面から距離を詰めてきた先生は、驚くほど真顔だった。

「――出社できないほどではないと言って、体の徴候に目を向けない。実際に出ている症状がすべてを物語っているはずなのに、勝手に優先順位を下げて体をないがしろにする。それは決してがんばっていることにはならないと、覚えておいて欲しい」

思い出した。これはついこの前、関さんにも言っていたことだ。

「……すいません、つい」

「謝る必要は全然ないので、至急で依頼する採血結果の一部が戻ってくるまで、処置室のベッドで横になっていてもらえるだろうか」

「あ……帰るんじゃなくて、ですか？」

「すべてを知った上で帰せると？」

なんだか今日の先生、いつもの診療と雰囲気が違う。

「リュウさん、近い近い。奏己さん、引いてるじゃん」

「マツさんが？　なぜ？」

「いいから。イージーに、イージーに。ごめんね、奏己さん。リュウさん、わりとテンパってるんだと思うんで」

先生が慌てることとなんて、あるのだろうか。

「俺が取り乱しているとでも？」

「だね。全然、らしくないよ」

「どのあたりが？」

「もういいから、検査業者さんに電話しなよ。至急なんでしょ？　はい、検査伝票」

そんな眞田さんに場を仕切ってもらい、先生からは腰痛で飲み慣れたジクロフェナクナトリウム錠を処方してもらい、隣の処置室で気づけば寝落ちしていた。

これは間違いなく、もの凄く恵まれた職場——あらためて、そう実感したのだった。

▽　▽　▽

昨日の午前中は、電気を消した処置室で爆睡してしまった。

いくら頭痛で睡眠時間が短かったとはいえ、それはあまりにも背徳的な行為。

でも学校の保健室で休んでいるような安心感が、クセになりそうで怖い。

「おはようございます」

結局、至急で返ってきた検査項目にはとくに異常がなかったけど、そもそも無菌性髄膜炎の初期には、採血データに目立った異常が出ないことが多いらしい。つまり診断がつくことはないけど、他の何かが隠れていないかを知るには有効だという。

それ以前に正直なところ、先生に処方してもらった鎮痛・抗炎症剤であるジクロフェナクナトリウムが効いたのか、目が覚める頃には頭痛が軽くなっていた。おまけに「どうか保険だと思って飲んで欲しい」となぜか懇願されながら処方された、先生が大学病院時代に脳圧亢進や感染以外での炎症に対してよく使っていたという小粒の苦い錠剤を飲むと、帰宅する頃には頭痛が完全に消え、むしろやる気に満ちあふれて元気になってしまった。

もちろん夜は熟睡、朝はスッキリ起床。

残りの検査結果が今日中に返って来るらしいけれど、失礼ながらわりとどうでもいい感じになっているのが、申し訳なくて仕方ない。

「あ、奏己さん。はよざーっす」

「マツさん、どう？」

なんだろう、この違和感。

今の時間、いつもなら先生はコーヒー、眞田さんはもうちょっと遅れてやってくる。それなのに、デスクに並んで座った先生と眞田さんが、そろって振り返った。先生が手にしているA4サイズの紙を、朝からふたりで膝を突き合わせて眺めていたらしい。

朝イチ、なにかトラブルだろうか。

「昨日はご迷惑をおかけして、すいませんでした」

「なんも、なんも。ぜんぜん、気にしないでくださいよ。それより」

「マツさん、どう？」

眞田さんは誤魔化《ごまか》すのがナチュラルに上手いけど、先生はどうやってもヘタだ。思いきり食い気味になっているし、表情がビミョーに固い。

「あ、おかげさまで元気になりましたけど……あの、何かあったんですか？」

「え？」

ここで眞田さんが即答しないのは、確実におかしい。その視線が先生に流れているところを見ると、カギは先生が握っているということだろう。

「マツさん、どう？」

音声の再生が壊れた機械みたいで、先生がちょっと怖い。

「頭痛はなくなりましたし、夜はいつも通り寝れて、朝はむしろ元気で、いつもより調子がいいぐらいですけど……」

「そうか。それはよかった」

「……何かあったんですか？」

「エ？」

確実におかしい、間違いなくおかしい。

隣の眞田さんが小さくため息をついて、席を立ってしまった。

「じゃあ、リュウさん。あとは、医者の仕事だから」

「エ？」

「ちょっとオレ、トイレ行ってきまーす」

そう言って、逃げるように出て行った眞田さん。後に残された先生は何を困って、何をためらっているのだろうか——と考えて、ふと大事なことを忘れていることに気づいた。

「もしかして……私の採血結果の残りが、もう返ってきたんですか？」

「そう、だな。朝来たらＦＡＸが、そうだった」

ダメだ。この雰囲気はダメだと、インパラ・センサーが知らせている。頭痛はなくなったものの、きっと採血で良くないことが判明したのだ。

「……どう、でしたかね」

「そう。ちょうど今、それを説明しようかと」

次第に、手足の先が冷えてきた。立っている感覚がフワフワして、いま軽く押されたら間違いなく転ぶと思う。

昨日は診察室に呼び入れられ、今日は隣のイスに座れと手招きされている。どんな検査結果でも聞く時はだいたい緊張するし、会社の健診結果を見る時だって受験の合格発表なみにドキドキするというのに、これはその比ではない。

「……な、なんでしょうか」

ここで間をおくのは、ヤメて欲しかった。溜《た》める理由は何ですか。

ヤバい、なんか泣きそうだ。

「採血の結果、他にはとくに大きな問題はなかった」

「えっ？」

いくら草食動物系とはいえ、考えすぎだったかもしれないと、少し肩の力が抜けた。

「膠原病も含めて、そのあたりは異常がなかった。昨日の処方に対する反応や今朝の様子から、おそらく些細な感染症に伴う、軽微な頭蓋内圧亢進だったという判断で間違いないと思うので、そのあたりは安心して欲しい」

ちょっと肩透かしだったけど、思ったより——待って。大きな問題がないだけで、まったく問題がないとは言っていない。その証拠に「そのあたりは」を繰り返しすぎている。

「マツさん。これは、診察としての確認なのだが——」

そして、ここで話が終わらない。ということは、やはり採血結果に問題ありなのだ。

「——去年の健診データから、マツさんの体格指数《ＢＭＩ》は21、体脂肪率は32％」

そう。ＢＭＩは正常範囲に収まっているのに、どうしても体脂肪だけは31～32％台をフラフラしてしまうのだ。理想の31％以下までの残り２％が、果てしなく遠い。

「空腹時血糖やＨｂＡ１ｃ《ヘモグロビンエーワンシー》ともに正常で、糖尿病系も問題なし」

そう。さすがに、糖尿病系は大丈夫だった。

ところで先生は、何を言いたいのだろうか。さっきまでの緊張は和らいできたものの、今度は話の焦点がわからなくて困る。

「今回は軽度とはいえ、脳圧亢進の原因を検索したわけで、さまざまな項目を検査させてもらったのだが、肝機能や腎機能、甲状腺《こうじょうせん》なども含めて、問題のある数値はなかった」

「あ、そうなんですか」

「のだが――」

「え……」

感情のアップダウンがしんどいので、問題があるならあるで、ハッキリと言って欲しい。と思いながらも、やっぱり聞きたくないような。

「――健診がてら、ついでにチェックしておいたＬＤＬコレステロールが１３１、ｎｏｎ《ノン》-ＨＤＬコレステロールが１６７と、若干だが高めの数値になっていた」

スッとデスクに差し出された検査結果の用紙に、赤い蛍光マーカーで下線が引いてあった。ＬＤＬコレステロールの正常値は60～１１９、ｎｏｎ-ＨＤＬコレステロールの正常値は90～１４９らしいけど。

「……あれ？　この、ＬＤＬコレステロールって」

先生に確認しようとしたら、視線を逸《そ》らされた。

思い出した。スマホの広告なんかで時々見かける「悪玉コレステロール」というヤツではなかっただろうか。

「Low Density Lipoprotein《低比重リポ蛋白》コレステロールは、俗に言う悪玉コレステロール。ｎｏｎ-

HDLコレステロールは、総コレステロールからいわゆる善玉コレステロール＝HDLコレステロールを引いたもので、LDLコレステロール以外の悪玉コレステロールも含めたものの総称だ」

「やっぱり……」

「これらを基準値以上のままで放置すると、将来的に動脈《どうみやく》硬化性《こうかせい》疾患として心筋梗塞《しんきんこうそく》、狭心症《きようしんしよう》、脳梗塞《のうこうそく》などのリスクが高まるが」

「えっ！　脳梗塞!?」

「いや。放置すると、将来的になる可能性があるということで」

「あ、今は脳梗塞とかじゃないんですね」

「大丈夫だ、今すぐには問題ない。現状、軽度の『脂質異常症《ししついじようしよう》疑い』があるだけ、と考えてもらえれば」

「……脂質？」

一難去って、また一難。新たな敵の出現だ。

「別名『高脂血症《こうしけつしよう》』のこと。軽度の」

「そうですか……いや、え？　私、高脂血症なんですか？」

「データ上は、そう言わざるを得ない。軽度の」

先生が、また目を逸らした。

　脂質異常症は聞いたことがなかったけど、高脂血症なら知っている。スマホに流れてくるメタボリックシンドロームや生活習慣病の広告で、何回か見たことがある。会社健診でも、わりと年配の方たちが気にしているアレのことだ。

「私……もしかして、生活習慣病なんですか？」

　お酒も飲まないし、タバコも吸ったことがない。ＢＭＩだって正常範囲内だし、体脂肪率は——まぁ、理想の31％以下ではないにせよ、31～32％台でそんなにひどくないのではないかと個人的には思っている。それにちゃんと関根さんに相談したことがあるのだけど
「ひどく気にする数値じゃないと思いますよ」と言われたのだ。それなのに——。

「生活習慣病とは、食事、運動、喫煙、飲酒などの生活習慣が深く関与し、それらが発症の要因となる疾患の総称。他のデータを見る限り、おそらく今のマツさんは大丈夫」

「で、ですよね！」

「なのだが——」

「えっ！　違うんですか⁉」

　まさか三十歳の境界線を越えた瞬間、いきなり体が老け込んでしまったとでもいうのだろうか。去年と今年で、二十九歳と三十歳で、そんなに違うものなのだろうか。アラサーという帯域でいえば、まだ真ん中のはずなのに。

　もう、勘弁して欲しい。この感情の振れ幅は、かなり疲れる。

「――少なくとも、最近わかってきた『非アルコール性脂肪性肝疾患《しぼうせいかんしっかん》』だけは、否定しておきたいと思っている」

「……それ、なんです？」

次から次へと嫌な感じの病名が挙がってきて、どうにも心臓によくない。

「簡単に言えば、酒も飲まない、タバコも吸わない、油物《あぶらもの》も沢山食べるわけではない、ひどい肥満でもない――それなのに、生活習慣の乱れや内臓肥満、ストレス、昼夜逆転の仕事などが原因で、脂肪肝《しぼうかん》になることもあり得るというものだ」

「脂肪肝！」

内臓肥満という単語とセットで、心の柔らかいところをえぐられた。

まさかあのビミョーな体脂肪率が、すべてを物語っていたとでもいうのだろうか。ちょっと心拍数が落ち着かなさすぎて、変な汗まで出始めてしまった。

「心配させて、申し訳ない――」

いきなり目の前に寄ってきた先生が、慰めるように軽く肩に手を置いた。相変わらず距離の取り方はズレているけど、その顔を見て少し安心した。

これは、そこまでヒリついている時の顔ではない。あくまで、確認しないと気が済まない時の表情――だと思うけど、ビミョーだから違うかもしれない。

「――おそらく大病は隠れていないと思うし、年齢的にも大丈夫ではないかと予想している。ただ知ってしまった以上、見て見ぬ振りはできない。できれば白黒を付けて、俺が安心したい」

やはり、先生はそういう人。知ってしまった以上、気づいてしまった以上、それらすべてに責任を持つ人なのだ。

「あ、いえ……いろんな単語が出てきて、ちょっと動揺しただけですから」

「そうか。腹部超音波《エコー》検査をしてもらえば、話は簡単なので」

先生の表情も穏やかになっていた。

逆に言えばこのことで、先生と眞田さんに朝からピリピリと気を遣わせていたということ。最近いろいろとご迷惑をおかけしてしまい、本当に申し訳ない。

そこへ見計らったようにというか、入口のドア付近で話を聞いていたのではないかというタイミングで、眞田さんが戻ってきた。

「ごめん、ごめん。リュウさん、奏己さんの話は済んだ？」

「ショーマ。おまえ、いつからそんな卑怯な人間に成り下がった」

「卑怯ってなによ。オレ、医者じゃないんだよ？　患者さんならまだしも、身内のスタッフに高脂血症疑いの話をしてるところなんて、見たくないに決まってるでしょ」

「気まずいからか」

「そうだよ」

「それを卑怯と言うんだ」

「デリケートなの。いたたまれないの」

「……おまえだけは、そばにいてくれると信じていたのに」

「ヤメてよ、そういう言い方。それこそ、卑怯じゃん」

結局ふたりとも、いい人だということを再認識する。

そして何気なく眞田さんの言った「身内」という表現が、すごく嬉しいのだった。

▽　▽　▽

今日の午後は、半休をもらった。

目的はもちろん、腹部超音波検査。クリニック課もしばしば検査紹介でお世話になっている、駅チカにある大学病院の関連クリニックを紹介受診する日なのだ。

「あ、そうだ」

たしかあの駅ナカには、サンドイッチ専門店があったはず。あそこは熟成ハムサンドとかツナサンドも捨てがたいけど、やっぱりフルーツ系が一番。ブルーベリー生クリームサンドか、カスタードバナナ生クリームサンドか、先生と眞田さんにも買って帰りたいけど――もしかしてこういう行動が、高脂血症疑いに繋がっているのではないだろうか。

ＢＭＩや体脂肪がそれほど正常値から逸脱していなくても、美味しさの中に隠れている飽和脂肪酸には要注意だと、関根さんも言っていた。その代表として挙げられたものが、ココナッツ、ホイップクリーム、バターやショートニングなど。それはつまり「ザ・スイーツ」ということ。もしかすると三十歳になりたての女子は、すでに飽和脂肪酸との戦いに負け始めているのかもしれない。

そんな感情のアップダウンが激しいまま、ビル群のダンジョンをエスカレーターとエレベーターを乗り継ぎ、７階の静かなフロアにあるクリニックの自動ドアをくぐった。

大丈夫。今日は脂肪肝がないであろうことを確認する「除外診断」に来ているのだから、問題ない。針を刺されたり、苦しい検査があるワケでも――。

「――なっ」

「こんにちは」

幅広の受付カウンターに、事務さんが六人もいた。にっこり微笑んで立ち上がって迎えてくれる人、受付機器を操作している人、お会計を担当している人、奥でスタッフさんとやり取りしている人など。制服姿ということもあってか、あまりにもクリニック課の自分と違いすぎて、強烈な劣等感に襲われてしまう。

いや。大学病院や総合病院の受付は、これが普通のはず。ＢＧＭにこんな静かなクラッシック音楽が流れているかどうかは別として、なにをそんなに臆《おく》することがあろうにゃ。

「健診の方は、赤い番号札をお持ちになってお待ちくださいね」

「はい。あ、いえ……あの、今日は検査で」

つまらないことを考えて、圧迫感から逃げている場合ではない。にっこり笑顔で、首をかしげられてしまっているではないか。

「株式会社ライトクの、クリニック課で……今日は、森先生から腹部エコーで」

素早く反応してくれたのは、隣でモニターを凝視しながらキーボードを打っていた、いかにも「できる」雰囲気の事務さんだった。

「あ、紹介受診で予約されている方でしょうか？」

「はい。それです」

「お名前、頂戴してよろしいですか？」

「ま、松久奏己です。二時の予約です」

「はい。お伺いしております――」

そしてできる事務さんは笑顔のまま、静かな小声で隣の方に指示を出す。

「――保険診療の患者さん。新患さんだから、診察券を作って差し上げて」

「失礼いたしました。後ろのソファーで、おかけになってお待ちください」

「――保険証」

「失礼いたしました。保険証、あるいはそれに代わる身分証明書をお持ちですか？」

「――検温」

「お手数ですが、手首で検温させていただいてよろしいですか？」

この隣の人、絶対できる人だ。指導を受けている受付さん、がんばってください。

そんな同じ職種の目に見えない共感のようなものを勝手に抱いていると、診察券ができて案内されるまで、わりと時間がかかった。広い受付の向かいに並べられた、ひとり用のソファーで待っているのは四人だけ。システムがまったく違うので単純には比較できないけれど、やっぱりクリニック《うち》課は便利だなと、あらためて気づかされた。

「松久様ぁ――」

「は、はい！」

様をつけられて、思わず動揺してしまった。

今度からうちでも「様」づけの方がいいか、先生に聞いてみよう。

「――大変お待たせしました。こちら、保険証のお返しになります」

常に笑顔。思い出すのは、眞田さん。やはり、笑顔は社会の潤滑油なのだと実感する。

「それでは左手の廊下をまっすぐ進んで、3番検査室の前でお待ちください」

さすが、大学病院の関連クリニックだけのことはある。ともかく、隅々まできれいだ。

床はグレーの絨毯《じゅうたん》で、足音も目立たない。これ、どうやって掃除するのだろう。入口マットのレンタルでもあるまいし、取り替えは不可能。だとすると毎朝、この広い院内すべてに掃除機をかけるのだろうか。今までの病院受診と違い、いろいろ気になって仕方ない。

「あ……ここだ」

ようやく3番ドアの前に着いたら、これまたひとり掛けのソファーが四つ並んでいた。あくまで、パーソナル・スペース重視ということだろう。でも座って気になったのは、壁に付いていた小さなダイヤルとボタン。たぶんこれ、電気のスイッチじゃないと思う。プレートのマークから推測するに、大きな窓にかかったブラインドが動くのでは——。

「松久様」

「は、はい！」

そろそろ気分を、病院見学モードから、患者さんモードに切り替えなければ。

「検査を担当させていただきます、竹中《たけなか》です。どうぞ、こちらへ」

照明の落とされた薄暗い室内に置いてあったのは、大きめのモニターと無数のボタンやダイヤルの付いた、小型ATMと言えばいいだろうか。うちにあるのは往診にも持ち出せる簡易ポータブル型で、大きなタブレットからツルツルしたひげそりシェーバーみたいなヤツがケーブルで繋がっているだけなので、威圧感がぜんぜん違う。

「羽織り物を脱いでいただいて、ベッドに仰向けになっていただけますか？」

もの静かで慣れた感じの声が、薄暗い部屋に淀《よど》みなく響く。受付の様子だと健診もやっているようなので、きっとこの人はこれを一日何十回も繰り返しているのだろう。

なんとなく雰囲気がお医者さんっぽくないので、勝手に臨床検査技師さんか診療放射線技師さんか看護師さんのどれかだと思っているけど――いずれにせよ超音波検査士さん、毎日お疲れさまです。

「脇腹、胸の下から腰骨《こしぼね》まで出るようにしていただいて、よろしいですか？」

さて。ここからは一回やってもらったことがあるので、知っているのだけど――。

「――ひゃっ」

「冷たかったですか？」

「い、いえ……大丈夫です」

塗られたゼリーはヌルいのだけど、やたらくすぐったいのだ。

「それでは息を吸ってくだ、さーい」

全力で吸わないと、きれいな像が正確な位置で見えないと、先生が言っていた。

でも、くすぐったくて体がよじれてしまう。

ピッピッ――ピピッ――カコン。

「楽にしてくだ、さーい」

息、止めなくていいのだろうか。あと前にやってもらった時は、妙にお腹を強い力でグリグリと押しつけられた記憶があるのだけど、今日はそうでもない気がする。

あと「くだ、さーい」の妙なアクセントとリズム感が、クセになりそうだ。

「吸ってくだ、さーい」

ピッピッ――ピピッ――カコン。

「楽にしてくだ、さーい」

ここで動いて、迷惑をかけては――。

「吸ってくだ、さーい」

ピッ――ピピッ――カコン。

「楽にしてくだ、さーい」

この人、速い。息も止めさせないし、実はものすごい手練《てだ》れなのでは――。

「吸ってくだ、さーい」

ピッピッ――ピピッ――。ピッ――ピピッ――カコン、カコン。ピッ――カコン。

「楽にしてくだ、さーい」

ちょっと長かったな。あ、なんかダイヤル回してる。何かあったのだろうか。

「吸ってくだ、さーい」

ピッピッ――ピピッ――カコン。

「楽にしてくだ、さーい」

次は壁を向いて、脇腹や背中をグリグリ。今度は座って、脇腹をグリグリ。ここでようやく腹部エコーのモニターを見ることができたのだけど、正直なところ白黒のノイズ画面にしか見えない。ここに動く赤ちゃんが映ったら、それは感動するだろうなと考えながら、よくもこんなザラザラの画面で内臓が見つけられるものだと感心した。

「お疲れさまでしたー。拭き足りないところがありましたら、これでどうぞー」

タオルでゼリーまで拭いてもらって、なんだか申し訳ない。病気ではないので、あとは自分でやります。

「それでは本日の検査結果は後日、先生の方からご報告があると思いますので」

「あ……はい」

この方、やはり医師ではなかったようだ。

できればすぐに「大丈夫でしたよ。脂肪肝はありませんでした」と聞きたかったけど、それは贅沢というものだろう。こうして融通を利かせて、隙間で検査受診をさせてもらえるだけでも、十分ありがたいのだから。

「お急ぎとお伺いしておりますので、明日には郵送あるいはご連絡できるかどうか、先生の方にも伝えておきますね」

検査結果は「一週間後」「一か月後」と言われることがやたら多いけれど、結果自体はその前に出ている。なのに時間がかかっている理由は簡単で、医師は患者お抱えの「ホームドクター」ではないからだ。一日に六十人も七十人も診るクリニックがザラにある中、はい結果がきました、はい説明しましょうと、できるものではない。そこへ病院側の都合だけでなく、患者側の都合が重なるのだから仕方のないこと。逆に検査してからすぐに連絡があったら、それはマズいものが見つかった証拠と考えていいと思う。

それなのに明日には郵送してもらえるということは、ちょっとムリしてもらえるだけの「わりと強いコネ」があるということを意味している。このクリニックは先生のコネというより、どちらかというと三ツ葉社長のコネだという話。医療業界も他業種と同様、やはり「コネ」でいろいろ変わるのだ。

そう考えると社内にクリニック課があるライトクは、すぐ受診できるし、検査が必要なら先生か三ツ葉社長のコネが利く大学病院の関連クリニックがあるし、どう考えてもかなり「強い」「便利」「超ラッキー」と言わざるを得ないだろう。

「ありがとうございました」

受付で会計を済ませると、ライトクの医療費半額負担という福利厚生がいかにすごいことか、追い打ちをかけるようにお財布に響いた。

なので帰りは、飽和脂肪酸のことも気になる——という体で、駅ナカのサンドイッチ専門店では、先生と眞田さんのお土産分しか買わないことにした。自分の分は、いつものコンビニで十分。もしも先生や眞田さんに聞かれたら、もう食べてしまったことにしよう。

そんなどうでもいいことを考える余裕が、この時はまだあったのだった。

▽　▽　▽

どうも、おかしいとは思っていた。

朝イチは難しいとして。お昼休みになっても、午後の診察が手すきになっても、先生は昨日の腹部エコーの結果を教えてくれなかった。

おかげで今日一日、やたらトイレに行きたくて困った。これではクリニック課へ異動になる前に逆戻り。やはり身体の性格は、そう簡単には変わらないのだと痛感する。

もちろん郵送で翌日着というのは、お手紙パックやネコ便でも時間的に難しいだろう。でもあそこのクリニックへ検査紹介をした時は「謎の三ツ葉パワー」が働いて、だいたいFAXかメールで「仮報告」が届くことが多い。つまり「結果と評価はもう出ているけど、報告書の現物が届くまでに時間がかかるから、結果だけ先に伝えておくね」という、特大の「コネ効果」が発動するのだ。

時刻は、もう終業間際。

お手紙パックもネコ便もFAXも届いていない今、先生宛にメールで届いている可能性が高い。それでも声ひとつ掛からないということは、さすがに明日ということ――。

「マツさん。終業のあと、ちょっといいだろうか」

「あ、はい……」

ようやく診察ブースから顔だけ出して、声をかけてくれた先生。これは間違いなく、昨日の検査結果の説明だろう。

先方のクリニックが忙しくて、今届いたのか。それとも早々に届いていたけど、先生が十分な説明時間の取れる終業後を待っていたのか――もしも後者だとすると「大丈夫だ問題なかった」で終わらないような気がして、すでにトイレに行きたくて仕方ない。

「昨日の、アレの結果が返ってきたので……あれだ。その説明をしたいと思う」

なんだか、先生の口調が怪しい。

こんな時は、森センサーの発達している眞田さんを見れば――いなかった。

おかしい。さっきまで隣で、早々にレジ締めの準備をしていたはず。

いや。そもそも眞田さんが終業五分前からレジ締めを始めたこと自体、すでに何かの予兆だったのだ。

いつになく沈黙が流れ、黙々と締めの作業が進む中。どこへ行ったのやら、眞田さんは帰ってくる気配がない。これはもう、CLOSEDのベルトパーティションを引かれた社食に入り込んで、コーヒーでも飲みながら大将と雑談していると判断していいだろう。

その理由は――。

「ではマツさん、こちらへ。あ、イスではなく、診察ベッドに座ってもらえれば」

「……は、はい」

デスクに座って、軽く話してくれてもいいようなものだけど、診察ブースに招き入れられた。検査結果だから診察ブースで聞くのは間違いではないと思うけど、なぜイスではなく、診察ベッドに座らされたのかわからない。

「腹部エコーの結果、脂肪肝は認められなかった」

その瞬間、脱力して崩れ落ちるかと思った。もしかすると診察ベッドに座らされた理由は、このためだったのかもしれない。

今までの前振りは、何だったのだろうか。

「なんだ……ホッとしました」

「そう。コレステロール値の一過性の上昇が疑わしいだけなので、今年の秋の会社健診でまたチェックすれば、いい、そっちは十分だと思う」

さっきまでの安堵《あんど》感は、そのひとことで吹き飛んだ。

「……そっちは？」

つまり脂肪肝以外で、別の問題が見つかったということだ。

思い当たるのは、ただひとつ。あの超音波検査士さん、やたらスムーズにピッピとボタンを押しては別の場所へ移動していたのに、一カ所だけ長く留まった時があった。

「これはコレステロールとはまったく関係なく、まったく自覚症状もなく——つまり、まった偶然に見つかったものなのだが」

「えっ！　見つかった⁉」

間違いない。長く留まったあの一カ所に、何か異常があったのだ。

「マツさん、落ち着いて。むしろ超音波検査士さんの腕がいいので見つかったぐらいの、小さなものなので。まず、落ち着いて欲しい」

たぶん今、自転車を全力で漕いだあとぐらいの心拍数だと思う。変な汗は吹き出してくるし、手足の先は一気に冷え込んだ挙げ句、なんだかジンジンと変な感じがしている。

「この報告書には、直径1.5㎝の——だから、これぐらいのサイズ？」

先生は小指の先のごく一部に、親指の爪をあてて見せた。

「肝臓右葉《うよう》のS5という部位に——画像だと、ここだな。見えるかな」

モニターに映し出されたよくわからない白黒の画像を、ボールペンの先で指し示した先生。そこにはたしかに他とは違う、白くて丸い点があった。

「小さな『腫瘤《しゅりゅう》』が映っていた」

「腫瘍《しゅよう》！　え、ちょ——」

「いや。現時点では『体表や体内で確認された塊やできもの』であり、『腫瘤』と言っていいと思う。たとえば『たんこぶ』を漢字で書いた時の『瘤』と同じ意味だ」

耳から入って来る先生の声が、遠のき始めた。

「そんな……腫瘍なんて」

「いや。腫瘍は『細胞が増殖して塊になったもの』という意味であり、現時点での画像評価は小さな『腫瘤』という表現でいいと思う」

大きい小さいは問題ではないし、単語の定義も表現も問題ではない。

自分の体に「腫瘍」があると考えただけで、あっという間に胃がキリキリ痛み始めた。

「そもそも腫瘍はすべて悪性ではなく、良性の腫瘍も多いわけで、たとえば子宮筋腫《しきゅうきんしゅ》なども腫瘍だが、それ自体は良性なわけで——」

それは本物の医療従事者の常識であり、にわか医療従事者にとって「腫瘍」とは、すなわち「癌」を意味する。そもそも良性といったところで、いずれは癌になるのではないだろうか。

「マツさん？」

「……は、はい」

「いいかい？　良性は、良性。悪性に変性する確率は『ないわけではない』程度の、非常に希なものだと思ってもらっていい。要は、例外的なアレだ」

空調もそれほど強くないのに、服の中を汗が伝っていくのがわかる。

そしてそれは、確実に増えていた。

「マツさん？　マツさん」

「あ、はい。すいません」

「顔が赤いな。室温を下げるか」

ちょっと、目の前が狭くなった気がする。

それに診察ブース、もう少し明るくなかっただろうか。

「ここを見て欲しい。俺にはこの辺縁が高エコーで内部が均一な像と、マツさんの年齢と、肝臓という部位と、サイズと、採血で肝機能障害の数値が上がっていないことと、無症候《むしょうこう》であることから、あれではないかと考えているものがある。おそらくあと一回、別の検査を受けてもらえれば――」

検査、検査、また検査――。

そうやって検査を繰り返しているうちに、気づけば病気の下り坂をゴロゴロと転がり落ちていくような気がしてならない。それでも涙が出ることがなかったのは不思議だったけど、だんだん頭にモヤがかかり始め、何も考えられなくなっていくのがわかる。

「マツさん。『造影《ぞうえい》MRI検査』を受けてもらえるだろうか」

「造影……？」

「造影剤と呼ばれる薬剤を静脈から注入して、身体に循環させた状態で肝臓の輪切り撮影、つまりMRIを撮影する。その時の映り方によって診断できるのだが、すでに予約は取っておいた。あとは――」

採血して、腹部エコーをしたら、今度は血管から造影剤を入れて、肝臓のMRI検査が必要になった。これはもう、いろいろ諦めた方がいいのかもしれない。この流れで「よかったね、良性で」なんて展開があるとは、到底思えない。

「マツさん？　大丈夫だろうか、マツさん？」

「あ、すいません……はい」

「何か温かいお茶でも、飲む？　あるいは甘い物など、どうだろうか」

「……いえ、大丈夫です」

人生、三十年。最後の一年間が一番楽しかったな。

でももう少し、クリニック課で先生や眞田さんと働いていたかったな。

「あとは造影剤の使用にあたっては『同意書』が必要となるので、検査をスムーズに受けられるよう、あらかじめもらっておいた」

そう言って先生は、箇条書きが並んだA４サイズの「造影剤を使用したMRI検査に関する説明書と同意書」という用紙を差し出した。

ダメだ。同意書と聞いただけで、また心拍数が跳ね上がっている。

医療ドラマで「同意書」が出てくる時は、だいたい大変なことになるか、重病が発覚する前振りだ。こうなると脳内は、「大丈夫」とか「怖い」とか、「いい」とか「悪い」とか、「わかる」とか「わからない」とか、そういうレベルの思考ではなくなってくる。

これ以上は、何も考えられない。

簡単に言うと、逃げ出したい。かなり動揺しているはずだ。なので、ひとつずつ俺が解説しようと思う。

「おそらくマツさんは今、かなり動揺しているはずだ。なので、ひとつずつ俺が解説しようと思う。まず、造影剤とは――」

造影剤が「ガドキセト酸ナトリウム」という、もの凄く怖そうな名前だということがわかった。0.5～1％ぐらいで吐き気やじんま疹《しん》などの軽い副作用が起きるかもしれないし、非常に希に血圧低下や呼吸障害が起きるかもしれないし、約80万人に1人ぐらいは死ぬかもしれないとのこと。造影剤が血管から漏れ出たら皮膚が大変なことになること、MRI検査室に入ってはダメなネイルやメイクがあること。それから――。

「……マツさん？　マツさん！」

気持ち悪くないし、頭痛もしないし、めまいもしない。

ただ、ふわっと意識が遠のき「もうこのままどうでもいいかな」という気分になった。

「マツ――やはり、ベッドに座らせておいて正解か。マツさん、大丈夫だ。俺がいる。安心して横になればいい。なにも心配は要らない。念のために血圧計とパルスオキシメーターをつけるが、必要であればこのまま、朝まで点滴をしながら俺が管理を――」

先生に抱っこされてベッドにゆっくり横たえられると、世界は消えた。

こんな一生に一度あるかないかのお姫様状況、できれば意識が途切れるような極限状態で経験したくなかった。けど最後だからこそ、そういうことが起こるのかも。

「ちょ――リュウさん⁉　どうしたの、奏己さん！」

「おそらく、脳循環不全《のうじゅんかんふぜん》だと思う」

「なんだよ、今日は説明するだけだろ⁉」

「そこのタオルケットを掛けてやってくれないか」

「ねぇ、優しく説明した⁉　言葉、選んだ⁉　奏己さん、デリケートなんだからさぁ！」

「知っている……だからこうやって、ベッドに座らせて」

「ダメじゃん！　結局、倒れてるじゃん！　医者じゃないオレが言うのもどうかと思うけど……まじ、頼むってリュウさん！」

「――どうして俺は、いつも至らないのだろうか」

恵まれたことに、死にたいと思ったことは今まで一度もなかった。

でも、死にたくないと思ったのは、これが初めてのことだった。

▽　▽　▽

この短期間に、二度も半休を取らせてもらうことになった。

理由はひとつ。

肝臓に見つかった小さな「腫瘍」が、先生の考えるものかどうか――今日こそ白黒つけるため、またもやビル群のダンジョンをエスカレーターとエレベーターを乗り継ぎ、7階の静かなフロアにある大学病院関連のクリニックにやって来たのだ。

「こんにちは――」

幅広の受付カウンターに、今日も事務さんが六人。出迎えてくれたのは、この前と同じ人。でもその対応は、すでに前回とは違ってスムーズになっていた。

「――健診ですか？　診察ですか？」

「あの、株式会社ライトクのクリニック課で、松久と申し――」

隣からスーツ姿の先生が、すいっと一歩前に出た。

「本日はご多忙中にもかかわらずご厚意により午後二時から造影MRI検査を受けさせていただくことになっております、株式会社ライトク総務部クリニック課の松久奏己です」

そう。なんと恥ずかしながら、今日は先生が受診に同席してくれることになったのだ。

造影MRIの同意書の説明を聞いただけで、脳循環不全＝脳貧血を起こして倒れてしまって以来、なぜか先生の方が異常に落ち込んでいた。とくに今日は、黙って横になっているだけの超音波検査ではないので「心配極まりない」と言われてしまった。

たしかに血管から造影剤を注射された挙げ句、動画で見せてもらった近未来の巨大なドーナツ状の機械に、仰向けになったまま送り込まれるのだ。平気です、と言えば嘘になる。

しかも耳栓をしなければならないほど、中はかなり大きな音がするらしい。そして咳払いひとつできず、痒くても身動きひとつしてはならないという、間違いなく人生で最高峰の難易度を誇る検査だろう。自慢ではないけど、脳循環不全を起こさないで検査を終われるビジョンが想像できない。

ということで、先生の強い希望——というか有無を言わさぬ圧で、付き添い受診を決められてしまったのだった。

「ご家族の方ですか?」

「いいえ」

「……え? あ、パートナーの方ですか?」

「いいえ」

その怪訝そうな表情は、ごもっともだと思う。

アラサー女に付き添う、家族でもパートナーでもない、アルカイック・スマイルの男。誰がどう見ても、不審としか言いようがない。

「通訳の方ですか?」

「いいえ」

「……あの、申し訳ありませんが、ご家族やパートナーの方以外の付き添いは、原則」

「申し遅れました。私、株式会社ライトク総務部クリニック課の課長をしております、医師の森琉吾と申します」

「課長の……医師？」

ちょっと何言ってるかわからないと、顔に書いてあった。いくら名刺を渡されても、この状況はすぐに飲み込めるものではないだろう。

クリニック課の診察ブースで同意書の話を聞いていただけで倒れたとはいえ、さすがに課長の先生が半休を取って、クリニック課の外来を休診にして、あとは眞田さんに任せて、草食動物系アラサー女の付き添いはいかがなものかと、なんとか断ろうとした。

でも先生は、頑として聞かなかった。

その理由は「医師と患者の間で取り交わされる意思疎通や説明解釈は、患者が医師と同じ程度の医学的知識を持ち合わせていないと厳密には成立しない」ということだった。

たしかにどれだけ医師から詳しく丁寧に説明されても、患者は医学部で勉強をしたこともなければ教科書を読んだこともなく、研修医として病院で勤務したこともない。持ち合わせているのはせいぜいネットや本で見聞きした知識だけで、たとえ「ガイドライン」と名のつくものを読んだとしても、すべてを理解できることは希だ。

そう考えれば、医師がどれだけ丁寧に説明したくても、どこかを端折《はしょ》ったり嚙み砕いたりせざるを得ず、その意を同等に理解することは理論上不可能――それはわかる。

ただ正直なところ、嬉しいの半分、恥ずかしいの半分だ。

なんとなくだけれど、なぜか先生が後ろめたいので付いてきた気がしてならなかった。

「本日は主治医としての付き添いを、別府《べっぷ》先生に許可していただきまして」

その名前を聞いて慌てて立ち上がったのは、あの指導係っぽい「できる」人だった。

「あ、別府先生の!?　伺っております！　少々お待ちください！」

キョトンとする受付さんをあとに、できる指導係の人は駆け足でバックヤードに消えて行った。先生の指導医だった人の同級生で、放射線科医だという別府先生。検査が今日に決まった理由は、この先生が直々に造影ＭＲＩ検査をしてくれるからだ。

「おー。森先生、久しぶりだねー」

奥から出てきたのは、濃紺のスクラブ上下に長白衣をラフに羽織った、彫りが深くて眼光の鋭い男性医師。無造作な短髪には白髪が交ざっているけれど、老けている印象はまったくないどころか、このままロマンスグレーにまっしぐらといった感じだった。

「別府先生、お久しぶりです。今日は無理を聞いていただき、ありがとうございました」

「ははっ。技師さんたちとの、カンファの日だったからさ。ついでだよ、ついで」

こういう都合をつけてくれるのが「強烈なコネ」というもの。普通は放射線科の医師が、造影ＭＲＩ検査の結果を検査当日にその場で読影《どくえい》――検査画像を診て評価と診断をしてくれることなど、まずあり得ないらしい。

「それより、どう。最近、金井《かない》先生に会った？」

「……いえ、大学を出てからは」

「顔出してやってよー。ずいぶん、老け込んじゃってるから」

あっはっはっ、と豪快に笑う別府先生。

どうやらその金井先生という人が先生の指導医で、その金井先生と別府先生が仲のいい同級生ということなのだと思う。

「そっちがhemangioma《ヘマンジオーマ》っぽいっていう、彼女さん？」

なんだろう、その聞き慣れない単語は。

もしかするとふたりの間では、ほぼほぼ予想が付いているのだろうか。

「いえ。同じクリニック課で、受付を担当してもらっている方です」

先生。今はそんなことではなく、ヘマなんとかの方が重要だと思います。

「あー、なるほど。先生、そういうところ変わんないねー」

「いえ、あの……本当にクリニック課で、受付をしてもらっているので」

別府先生は受付手続きなど気にもせず、付いて来いとばかりにステステと歩き始めた。

「でも先生、おもしろいことしてるよねー。企業の『クリニック課』だっけ？」

「そうです。総務部クリニック課の課長です」

「課長かー、おもしろいなー。小児科科長とは、響きが違うねー」

「……字が違いますね」

「ですね」

「あの三ツ葉くんが社長なんでしょ？　覚えてるよ。研修医の頃から突き抜けてたよね」

「懐かしいなー。英語で論文書く時、すっごい助けてもらったからねー。あれでインパクトファクター、ずいぶん稼がせてもらったんだよなー」

なんだかよくわからない話を聞きながら歩いているうちに、この前とは違う区画に連れて来られてしまった。

「じゃあ肝臓なんで、造影剤はガドキセト酸ナトリウムでいくよ？」

「別府先生。これ、同意書です」

何もかも先生に準備してもらい、黙って後ろを着いて歩くだけ。我ながら、本当に介護や介助が必要な人ではないかと思い始めてきた。

「サンキュー。あ、そうだ。彼女さん、マグネットネイルとか、ジェルネイルとか、これに書いてあるオシャレしてない？」

「別府先生。マツさんは、彼女ではなく――」

差し出されたMRI検査の注意書きには、さまざまな禁止事項が載っていた。

・化粧――ファンデーション、アイシャドー、マスカラ、UVケア用品など

・ネイル――マニキュア、つけ爪、ネイルアートなど

・コンタクトレンズ、メガネ、補聴器、入れ歯
・ホック、ファスナーなど金属の付いた下着や衣類、補正下着など
・ネックレス、ブレスレット、指輪、ピアス、イヤリング、ヘアピン、金属小物類すべて
・かつら、ヘアエクステンション
・遠赤外線、または保湿性が非常に高い衣類
・貼付剤——カイロ、湿布、磁気テープ、その他すべて

いつもスッピンに近いので気にならないけど、女性にとってＭＲＩ検査はハードルが高いかもしれない。ただ、そんなことを言っている場合ではない検査なのだけれど。

「あと、しつこいようで申し訳ないけど、こっちにも目を通して確認してくれるかな」

別紙には、基本的にＭＲＩ検査が受けられない可能性のあるものが記載されていた。

・心臓ペースメーカー
・人工内耳、義眼、義肢
・手術で体内に金属が入っている——脳血管、心臓、関節、ビス、プレートなど
・歯科矯正、インプラント
・入れ墨、アートメイク、美容整形で金糸を植え込んでいる

・既往歴——不整脈、けいれん
・妊娠中、またはその可能性がある
・閉所恐怖症
・長時間の仰向け姿勢が困難な人
「ぜ、ぜんぶ大丈夫です」

「緊張してる？」

「……は、はい。少し」

「大丈夫だよ、小児科の森先生がいるんだから。大学時代、小児の検査ではずいぶん助けてもらったからねー」

そう言って別府先生は、にっこり笑った。

放射線科と小児科、いったいどんな連携で診療をしていたのだろうか。

「では、別府先生。よろしくお願いします」

「ねぇ、森先生。彼女さん、どっちの腕の方が血管いい？」

「左です。あの、先生。マツさんは、クリニック課で受付をしてもらっている」

「了解。じゃあ先生は、そのドアからモニター室に行ってて」

「……中に入って、いいんですか？」

「え、付き添いの主治医なんでしょ？　画像、一緒に診ようよ」

「それでは、お言葉に甘えて」

「松久さん、大丈夫ですからねー。何かあっても、すぐ森先生が来てくれますから」

なんだろう。真剣に、小児科患者のような気がしてきた。そして先生があの窓の向こうで見てくれているなら、何があってもわりと大丈夫な気がしてくるから不思議なものだ。

そんなことを考えているうちに、造影剤を注入するための点滴を、別府先生にアッサリと左腕に刺されてしまった——といっても、パックが吊り下げられるようなものではない。なんだか近未来的で、腕に薬剤をブシュッと注入されて何かが覚醒《かくせい》するような、あるいは体内にナノマシンを注入されて遠隔操作されるような、ちょっと見たことのない白い機械に腕からの管を繋がれた。

「それでは、ＭＲＩ検査を始めたいと思います」

どうやらここからは、放射線技師さんの出番のようだった。

「耳栓ですが、こよりのように潰して細くして、耳に入れたら自然に膨らんできます」

「は、はい」

こよりなんて、作ったこともないけど。

「ぜんぜん聞こえなくなるわけではありません」

「はい」

「ではまず、こちらに仰向けに横になっていただいて。動きに弱い検査ですから、ちょっと強めに頭とか身体とか、固定させていただきますね。苦しかったら言ってください」

もうここからは、目をつぶったままの方がいいだろう。

この近未来的な、カッチンカッチンと予備音の鳴り続けているドームの中に、今から入れられるのだ。なんだったら異世界に転送されると言われても信じてしまいそうだし、こんがり焼き上げると言われればそうなりそうな気もする。

要は閉所恐怖症でなくても、いい気分はしないということだ。

「それでは何かありましたら、何でもかまいません。これをギュッと握っていただければ、すぐに検査を中止しますので」

ちょっと硬めのゴム球みたいなものを、右手に握らされた。

ひ弱な握力だけど、ちゃんと反応してくれるだろうか。

いや、大丈夫。検査室の窓の向こうには、先生がいてくれるのだ。今はともかく、絶対に動かないようにして、検査を一回で終わらせることに集中しよう。こんな検査、何度も受けるのだけは勘弁して欲しい。

「はい。台が動きまーす」

やはり、目を閉じて正解だろう。

このまま異世界に飛ばされる感が、どんどん強くなってくる。

「ではそのまま、動かないでくださいね。検査時間、二十分ほどかかります。お薬入りまして、少しでも体調に変化があれば、すぐにゴムスイッチを握ってください」

やがて検査室の分厚いドアが閉められ、ひとりぼっちになった。

お願いだからトラブルなく、スムーズに終わりますように。

そしてできれば、どうか腫瘍が良性でありますように——。

▽　▽　▽

元気があれば何でもできる、とは思わない。

ただ、気分が良ければ元気が出るのは、間違いないと思った。

「高野様、お大事にしてくださいね！」

「……様？　っていうか、どうしたの。あたし、サプリを買いに来ただけだよ？」

「健康が一番ですから！」

「うん、まぁ……松久さんが元気なら、それで」

小首を傾げながら高野さんが出て行くと、ちょうどお昼の時刻になった。

元気があれば、社食も楽しみ。ちょっと最近、何を食べても美味しいとは思えていなかった。だから今日のメニューが何か、朝から楽しみで落ち着かなかったのだ。

「奏己さんが元気になって、よかったですよ。一時は、まじヤベーと思いましたけど」

「眞田さんにも、ホントいろいろとご迷惑をおかけしました。おかげさまで――」

検査の結果、肝臓の腫瘤は「肝血管腫《かんけつかんしゅ》」という、発生頻度も高くてぜんぜん珍しくもない「良性の腫瘍」であることが判明した。

細胞が異常に増殖して塊になったものなので、表現としては「腫瘍」で間違いない。でも血液の豊富な肝臓の中で、細い血管が部分的に増えて塊となっただけ。その構成内容が血管である以上、良性だということは素人にも理解できた。

名前は怖そうだけど自覚症状のない人が多く、健診の時に偶然見つかる人もわりといるらしい。三十代から五十代に見つかることが多く、年齢的にも矛盾しない。最初は「血管の塊」と聞いて破裂したらどうしようと不安になったけど、よく考えたら直径1.5㎝。もちろん治療の必要はなく、年一回の経過観察だけでＯＫとのことだった。

「実はオレも、ちょっとビビってました」

「すいません、ホント」

「や。別にアレって、奏己さんのせいじゃないですから」

「それは、そうですけど……正直、いろいろ気が気じゃなくて……その後もアレな感じで、ホントすいませんでした」

予期不安が服を着て歩いているような、この草食動物系アラサー女子。いくら血管腫が良性とはいえ、将来どんどん大きくなるのではないかと考えると、不安になって二日ほど眠れなくなってしまった。見るに見かねた先生が抗不安薬であるロフラゼプ酸エチル錠を一錠処方してくれて、なんとか日中は業務をこなせた。そして寝る前には睡眠薬ではなく、手術前の不安や緊張状態の鎮静にも処方されるという、ペントバルビタールカルシウム錠を一錠飲むよう指示されて、ようやく穏やかな気持ちで眠ることができた。

「お薬って、すごいですよね」

「……なんですか、急に」

「用量、用法って、大事ですよね」

「奏己さん。早くこっちの世界に、帰って来てくださいよ」

「あ、すいません……つい」

眞田さんに苦笑されてしまった。

でも、この血管腫。最初から巨大でない限り、どんどん大きくなっていくものは少ないのだと、難しそうな文献を見せられながら教えてもらった。血管腫のサイズが変わらないことも多いけど、時には小さくなって消えたりすることもある——と、書いてあるらしい。もちろん日本語で書いてあるのだけど、ともかく表現と専門用語が難しくて理解できなかった。つまり治療が必要になるほど大きくなっていくのは、肝血管腫の中では少数派——だと書いてあることを説明してもらい、ようやく安心した。結局、医学的根拠となる文献を見せられたところで、嚙み砕いて説明されないと、一般人には理解できないのだ。

「まぁ、リュウさんもたぶん、最初からそうだと思ってたんでしょうけど」

実は放射線科医師の別府先生との会話にチラッと出てきた、あの「hemangioma《ヘマンジオーマ》」というのが、英語で「血管腫」という意味だったらしい。つまりあの時点で、ふたりの間ではそういう予想はついていたのだと思う。

でもいくらその可能性が高いとはいえ、患者を安心させるためにそんな「推測」を伝えるべきではない。造影ＭＲＩ検査で確実に診断が付いてから、というのはあたり前。だからそれまでは、患者さんを前にして医師同士で話をする時、医学英語や医療的な専門用語を織り交ぜて、何の話をしているかわからなくすることが多いという。

「はぁ――」

思わず、ため息が出てしまった。

「どうしたんです？」

「今回、身に染みて思ったんです。いくら良性で、いくら珍しくないものだと言われても……患者さんは最悪の事態を想像してしまう。なんだったら『死ぬこと』さえ考えてしまうのって、仕方ないことなんだなって」

鋭い眞田さんは、その裏側に隠れた意味を見抜いてしまった。

「もしかして、あの人のこと言ってます？　奏己さんの、元同僚っていう」

そう。先生に抗不安薬のロフラゼプ酸エチル錠と、催眠・鎮静剤のペントバルビタールカルシウム錠を二日間ほど処方してもらって、ようやく冷静に考えられるようになったからこそ、辿《たど》り着けた気持ち――それは子宮筋腫が偶然見つかった、紗歩《さほ》の気持ちだった。きっと良性だとわかっていても、眠れない夜があったに違いない――だろう、たぶん。

「やっぱり、もっと話を聞いてあげるべきなのかな……」

「今も連絡、来るんですか？」

「まぁ、わりと」

眞田さんは、少し渋い顔をした。

「……なんか、ちょっと違うような気がしないでもないですけど。あんまり振り回されて、今度はそっちで寝られないとか、ヤメてくださいよ？」

そんなことを話していると、珍しい人がクリニック課に顔を出した。

「こんにちは……しゃ、社食イーツです」

「……関根さん？」

社食で勉強会をさせてもらうことはあっても、管理栄養士の関根さんがクリニック課を受診することは非常に少ない。おまけにマンガでしか見たことがない、取っ手の付いた銀色の出前箱――たしか、岡持《おかもち》と言うのだっただろうか――を、重そうに持っている。しかも、恥ずかしそうに言った「社食イーツ」の意味がわからない。

ゴトンと出前箱をカウンターに置いて、関根さんは顔を赤くしたままため息をついた。

「……もう。だから、あたしにはできないって言ったのに」

「どうしたんですか？」

「大将が松久さんの快気祝いに、これを持って行けって」

「えぇ……そんな、別に病気が治ったワケじゃないんですし」

そもそも快気祝いとは、お見舞いに来てくれた人やお世話になった人に、病気やケガをした人から送るものではなかっただろうか。

「あたしも、なんか違うんじゃないですかって、言ったんですけど」

「大将、聞きそうにないですよね」

中から出てきたのは、本日のカロリー調整だろうか。社食で大好きなメニューのひとつ「鶏そぼろと炒り卵と野沢菜の三色丼」と、お碗にラップの貼ってあるお味噌汁だった。

その心遣いはとても嬉しかったけど、こんなものを細身の関根さんに配達させるとは、いったい大将は何を考えて――。

それに気づいたのは、やはり眞田さんだった。

「わかった。これ、特別メニューじゃないですか？」

「はい。今日の定番とカロリー調整はこれじゃないんですけど、せっかくだから松久さんが好きなものを作るって言い張るんですよ。でも社食で特別扱いすると、松久さんは人目が気になるんじゃないですかって言ったら、いいこと考えたって」

さすが関根さん。またもや勝手に、心の距離が縮まった気がする。

「あっ。まさか『社食イーツ』って、あの出前注文配達の」

「……絶対ウケるから、そう言ってみろって」

眞田さんは、必死に笑いをこらえている。

ある意味、大将の狙いは当たったということかもしれない。

「せ――関根さんも、マジメですよね。別に実行すること、なかったじゃないですか」

「いいんです。今日は大将にムリを言って、特別な材料を仕入れてもらったので」

「この、鶏そぼろですか？」

「いえ――」

関根さんはとくに注意を払いながら、出前箱の奥からもう一皿取り出した。

「――これ、あたしが作ったんです」

「あっ！」

思わず、声が出てしまった。

それは見た目もキレイな、柑橘《かんきつ》系のフルーツがちりばめられた、ワンホールのチーズケーキ。なんの偶然か、昨日コンビニで買おうとして諦めたものより美味しそうだ。そして
なんといっても、その切る前の丸い姿《ホール》には、見ている人に幸せホルモンを分泌させる何か

があると信じている。

「でも松久さん、ちょっとだけ『高脂血症』が引っかかってるじゃないですか」

「うっ――」

そう。昨日コンビニで買うのをためらったのも、それが原因だ。なにせ敵はカロリーよりもむしろ、糖質と飽和脂肪酸。腹部エコー検査で「脂肪肝がない」とわかったし、先生からは「まっとうな生活」をしていれば、それほど気にしなくていいと言われていた。

でも次の健診の採血でコレステロール値がどうなるか確認するまでは心配だから、なるべく気にするようにしていたのだ。

「ただ、あまり意識しすぎるような数値でもないですし、脂肪肝もなかったことですし……いいかなと思って」

「ですよね！」

「でも、きっと気にされてますよね」

「うっ――」

正解です。いつか関根さんに「親友だと思っています」と伝えたい。

「だからこれ、松久さんに罪悪感なく食べてもらえるよう、豆乳ヨーグルトと米粉をメインに作ってみました」

「えっ、そうなんですか！」

この感情のアップダウン、最近どうも多い気がする。

「豆乳ヨーグルトは乳製品と違って、低脂質、低糖質で、飽和脂肪酸も少ないですし、女性に優しい成分であるイソフラボンも含まれていますから」

そんな関根さんの説明を聞きつけてか、先生が診察ブースから出てきた。

「やはり、関根さんでしたか。これは――」

「いいから、リュウさん。今、説明してもらってるところなの」

相変わらず、眞田さんの「森コントロール」は絶妙だ。おそらく先生が目の色を変えているのを察知して、怒濤《どとう》の質問攻めが始まるのを阻止したに違いない。

「――そ、そうか」

その予想は、当たっていたのだろう。先生は口を閉じた代わりに腰を落として、あらゆる角度からケーキを眺めていた。

「米粉は食後の血糖値が急激に上がりにくい低GIっていうだけで、カロリーは小麦粉とあんまり変わらないんですよ。でも脂質が約半分ぐらいなんで、スポンジ部分には米粉を使うことにしました」

「関根さん。質問、よろしいでしょうか」

でもやはり、ガマンできなかったらしい。

「ちょ、なんでリュウさんが」

「甘みは、どうされたんですか？」

「ねぇ、聞いてる？　これ、奏己さんがもらった物なんだけど」

たぶん、聞いていないと思う。

「厳しい制限は必要ないというお話でしたので、少なめにグラニュー糖は使いましたが、あとはカボチャや甘栗で補って」

「すごいな……ではこの、ちりばめてあるのが？」

「そうです。ペーストにして、スポンジにも混ぜてありますよ」

どうやらこれは柑橘系フルーツ豆乳チーズケーキではなく、パンプキンとマロンの豆乳チーズケーキだったらしい。

関根さんとは、去年の納会あたりから仲良くさせてもらっている。入社以来、会社を離れてやり取りしている人で「友だち」だと思った人はいない。つまり恥ずかしげもなく言わせてもらうなら、関根さんは「初めてできた会社の友だち」だ。

逆に大将は本来、先生たちと付き合いが長いだけ。それなのに、わざわざ大好きな三色丼を特別に作ってくれた。

そんな人たちから、こんな草食動物系アラサー女のために、わざわざここまでしてもらうなんて――ヤバい、ちょっと泣きそうになるのは勘弁して欲しい。

「どうしました？　松久さん」

「えっ！　いや、なんでもないです。ちょっと、感動してしまって……」

「そんな、大袈裟《おおげさ》ですよ」

「いや、マツさん。その感動はよく理解できる。ちなみに、関根さん。この豆乳とスポンジケーキの間にある層は、なんのゼリーなのですか？」

こういう時、先生がこんな感じで本当によかったと思う。

でもさすがに呆《あき》れた眞田さんは、止まらない先生の質問に待ったをかけた。

「あー、もういいから。ごめんなさい、関根さん。この人、悪気はないんですけど」

「いえいえ、とんでも――あっ。すみません、松久さん」

「……はい？」

「三色丼とお味噌汁、冷めちゃいますね」

「大丈夫ですよ。ちょっとレンジで、チンすれば」

豆乳チーズケーキを隅々まで観察していた先生が、不意に顔を上げた。

「マツさん。それはどうだろうか」

「え、壊れたんですか？」

「クリニック課《う ち》の電子レンジは、加熱が終わると『ピーッ』と鳴る」

「……は、はい」

「『チン』とは鳴らない」

「リュウさん……それ、本気で言ってるよね」

「おまえの家のレンジは、チンと鳴るのか？」

眞田さんはヤレヤレとため息をついているけれど、関根さんはとても楽しそうだった。

そんな光景を見て、あらためて思った。

病気の痛みは、良くも悪くも世界の見え方を変えてしまうのだろう。幸運にも目の前の世界は、今まで感じたことがないような輝きを放っている。でも今回の検査結果が悪いものだったら、この世界はどんな風に見えたのだろうか。

あたり前だった健康も、いつかはあたり前でなくなってしまう。

そんな時、誰もそばにいなかったら——。

帰宅した後、紗歩から届いたメッセージに、久しぶりに折り返しの電話をかけてみた。

結果——深夜一時まで、嫁姑《よめしゅうとめ》の確執を延々と聞かされるハメになったのだった。

【第五話】大丈夫だ問題ない

水曜日、午前8時35分。

「おはようござ——ひっ！」

少しだけ早めにクリニック課へ着いたなと思ってドアを開けたら、変な声が出た。

「おはよう、マツさん」

先生がこの時間にいるのは、別におかしなことではない。

「おはよー。早いねー」

「お、おはようございます……社長」

なぜこんな朝早くから、三ツ葉社長がクリニック課にいるのかわからない。そして社員より早く来ている社長から「早いねー」と言われる、複雑なこの気持ち。先生も社長もコーヒーを片手に、デスクに並んで何やら話し込んでいたらしい。この雰囲気、ついさっき始まったものではないだろう。

さてこの状況、どうすべきか——。

ふたりともすでにコーヒーを飲んでいるので、今さら「お茶を淹れます」は不要。かといってお茶菓子で社長に出せるようなものはなく、眞田さんが買い置いている、小袋に分けられてバラエティ豊かに詰められた、「お買い得」の文字が目立つチョコレート・スナックしかない。これを、小ぎれいなお皿に盛ればいいだろうか。

「実際、そのあたりは先生の方がよく把握してると思うよ。先生の入力特性には、どうやっても敵《かな》わないだろうし」

「昨年度の社員数が、366名。今年は新卒を採ったけど、357名――内訳は入職5名に退職14名で9人減だけど、これ自体はバラつきの範囲で、ミツくんとしては仕方ないと思える数字なの？」

「まぁね。離職率、約3.8%でしょ？　従業員数1000人以下の中小企業で10%以下なら、合格だと思ってるけど――」

ここは中途半端にお茶菓子なんて持っていって、話の腰を折るべきではないだろう。そもそも忙しい社長がこんな朝早くから来ているのは、重要な話だけど他ではなかなか時間が取れないということ。大袈裟に言えば、始業までの一分一秒が大事なはず。ならばここは、黙って朝の準備に取りかかるとしよう。ただし掃除機をかけるのは、社長が帰ってからにするとして。

「――ボクが気にしてるのは、先生が言った『休職してる三人』の方だよ」

どうやら朝イチからクリニック課で、なぜか先生と社長が退職者と休職者について話し合っているらしかった。

聞くつもりはなくても、どうしても耳に入ってきてしまうのは許して欲しい。業務上の守秘義務の範囲内だと思うけど、不可抗力というか——できれば別室でやって欲しい。

それは、あとで相談するとして。忘れがちだけど、先生はクリニック課の課長でもあり、産業医としての役割もある。だからいきなりそんな未知の産業医案件が受付に飛び込んで来たら困るだろうと、ザックリとでも知っておくために、少しだけ調べたことがあった。

産業医の職務

（1）健康診断の実施とその結果に基づく措置
（2）長時間労働者に対する面接指導とその結果に基づく措置
（3）ストレスチェックと高ストレス者への面接指導、その結果に基づく措置
（4）作業環境の維持管理
（5）作業管理
（6）（1）〜（5）以外の労働者の健康管理
（7）健康教育、健康相談、労働者の健康の保持増進のための措置
（8）衛生教育

(9)労働者の健康障害の原因調査、再発防止のための措置

なにかと文末に「措置」と書いてあって、具体的ではない気がする。でも(1)と(7)は、すでにクリニック課の新設から一年でわりとできているのではないかと思う。(6)なんて要は「全部」のような気がするので、できているかどうか想像もつかない。他の項目も先生がどれだけやっていたのか、サッパリ知らされてはいないのだけれど、意外と知らないうちに全部やってました、というのがありそうで怖い。

ただともかく、今は「休職している三人」に関する話らしい。休職といえばまず産休と育休を思い出すけど、社長が言うように「気になる」ほど特別な休職ではない。そうすると、次に思い浮かべるのは——。

「ちなみに、ミツくんはその三人のこと、どこまで知ってるの?」

「……悪いけど、数字でしか知らされてなかったんだよね。だから今日、先生に話を聞きに来たんだよ。ホント、なんでこっちから聞かないと報告を挙げてこないんだろうか。社員は誰も置き去りにしない——なんてエラそうに言っておきながら、こんなの恥ずかしくて仕方ないわ」

「規模がある程度大きくなったら、会社ってそういうものなんじゃないの? それがいわゆる『ワンマン経営』からの脱却ってやつで」

「皮肉だよね。ワンマン経営で傾いたから、がんばって組織再編したのに」

三ツ葉社長なら、ワンマン経営でも会社が腐ったりしないと思う。でもひとりで何から何まで目を通して、すべてトップダウンで決めるには、ライトクの会社規模は大きくなり過ぎたのだ。

「医療法人で、系列のクリニックを十カ所ぐらい持ってるところの非常勤をやったことあるんだけど。そこも末端で日常診療が破綻してたのに、理事長まで伝わってなかったし」

「……なんだかなぁ。ほんと、ガバナンス」

社長はどこか寂しそうに、小さくため息をついた。

経営の頂点に立っても、社員全員に目を行き届かせたい——その気持ちは嬉しいけれど、たぶんそれを続けたら、社長は毎日電池切れを起こした挙げ句に倒れてしまうと思う。

「じゃあ、ミツくん。三人の話だけど」

「あ、ごめん」

「まず一人目の休職者、二川《ふたがわ》さん。第一営業部の営業事務担当の女性で、二十八歳。症状は緊張型頭痛、ストレス性胃炎、過敏性腸症候群の心身症状だけど、どれも症状が強すぎて、仕事にならない状態だから休んでもらってる」

「仕事にならない？」

「急性胃炎は、潰瘍《かいよう》になってた」

「マジで？　心身症状の引き金は？」

「この方、俺がライトクに来る前から同じ心身症状が出てたんだけど、営業から営業事務に部署内で配置換えしてもらってたらしいね」

「それでもダメだったの？」

「業務内容を聞いたら、完全にオーバーワークだった。いくら裏方の事務仕事でも、あれはひとりじゃムリな仕事量だと思う。もうちょっと、営業事務に人員を割けないかな」

二川さんが胃炎から潰瘍になったのはわかったけど、ここで先生が「お腹をさする」意図はなんだろうか。二川さんの症状をあえてジェスチャーでも示して、アピールしたのか——その意味はわからなかったけど、そもそも気にしすぎかもしれない。

「第一営業部か……あそこ、いまだに『足で稼げ』って風潮が根強いんだよなぁ」

「二川さん以外の全員がいわゆる『外回り』って、振り分け的にはアリなの？」

「アリもナシも、部署が機能してないならダメだって」

時代によってやり方や在《あ》り方が変わるのは、世の常ではないだろうか。だからよく聞く「昔ながらの」という言葉は、伝統文化や職人技術の世界だけで通用するような気がしてならない。

「なんだかなぁ……そういうのこそ、人事部の仕事だと思うんだけど」

「けどさ。何でもぜんぶ『人事部』って言ってたら、今度は人事部が破綻するよ？」

「じゃあ何のために課から部に格上げして、人も予算も増やしたかわかんないじゃん」

「言いにくかったんじゃない？　人事部の人には」

「なにそれ！　ダメじゃん！」

社長、手にしたコーヒーカップのこと、忘れてないだろうか。床にこぼすのは構わないのだけど、その高そうなスーツにシミを作るのではないかとヒヤヒヤしてしまう。

「まぁ、そういう人のためにあるのが、クリニック課の仕事だと思ってるし」

そんな先生の言葉にも、どこか社長は納得がいかないようだった。

そして無意識なのか、先生はまたお腹に手をあてた。

「二人目の休職者は、原田《はらだ》さんね。生産技術部に所属する二十六歳の男性で、症状は『抑うつ状態』。他の症状が出そろわないうちに、休んでもらってる」

「えっ！　また、二十代!?」

「生産技術部って、生産ラインが稼働してる限り、連絡が来る部署なの？」

「設計と製造をつなぐ部署だよ。いい製品ができても、商品としてどうやって量産するか、効率のいい生産をどうするか——ザックリ言うと、そういう部署」

「それでか。現場との板挟みがしんどかったのと、かなりプライベートが犠牲になったことが直接の原因みたいだったよ」

「そんなに？」

「三年つき合った彼女さんとも、別れたみたいだし」

「仕事《うち》が理由で？」

「原田さんに『上にどこまで報告しますか』って聞いたら、全部伝えて欲しいって。最近は忙しくて、すれ違いばかりになったことも」

「……そっか。それは、申し訳なかった」

ちょっとだけコーヒーに口を付けて、社長は悲しそうな顔をした。

この原田さんの話に、お腹の症状は出てこなかった。それなのにまた先生が、お腹に手をあてている。これは明らかにジェスチャーではなく、たぶん自分のお腹を気にしているのだと思う。

いや。逆にこちらが、そういうことを気にしすぎているだけかもしれない。

でも先生に、こんな仕草をするクセがあっただろうか。

「最後。三人目の休職者は、大高《おおたか》さん。品質保証部に所属する二十五歳の女性で、症状は各種の『自律神経失調症』。ちょっと通勤に、体力が耐えられそうにない」

「……全員、二十代？ ちょっとこれ、なんとかしないと」

「印象として、みんな『まじめ』で『がんばる人』ばかりだったよ」

「正直者や、真面目な者が報われる——少なくとも損をしたり、バカを見ないようにしたいんだけどな」

もしかするとそれはライトクに限らず、世の中で一番難しい問題かもしれない。

「ひどいのは不眠と食欲不振に伴う体重減少、それから浮動性めまい。めまいに関しては、頭蓋内病変と耳鼻科病変は否定できたよ」

「品質保証部……ってことは、理由は」

「端的に言うと『クレーム処理に疲れた』って」

「……やっぱりか。あれ、アウトソーシングにしようかな」

「あと、品質管理部？　そっちとの連携が取れない――っていうか、クレームのフィードバックに、まったく耳を傾けてもらえないって」

社長のため息は、ひときわ大きくなった。

「なにやってんのよ、北上尾《きたあげお》の生産本部は。二十代の社員が、ふたりもメンタルヘルスを理由に休職してるじゃん。それ、おかしいと思わないわけ？」

「いくらクリニック課が新設されたとはいえ、東京本社にしかないからね。気軽に相談できる距離になきゃ、意味ないんじゃないかな。今回《こ》だって『定期の往診』をして、ようやく発覚したワケだし」

たしかに、先生の言う通りだと思う。

社内の組織図に「クリニック課」が新設されたところで、実際に北上尾の職場から受診するためには、電車を乗り継いで軽く一時間半、往復するだけで三時間の旅になってしまう。そんなの、まず受診しないだろう。

もちろん、そのためのリモート受診枠も用意している。

ただ生産本部《向こう》で、完全にプライバシーを確保して行えているかどうか定かではない。そもそも「ちょっとリモートで受診してきます」が許される雰囲気なのかどうか、その「空気感」がつかめないことも、大きな理由かもしれないと勝手に想像してしまった。

ともかく、この一年。社長は急速に福利厚生の充実を図った。でも正直なところ「東京本社優先」の印象は否めない。とくに社内児童クラブで「社内格差」が露呈したわけだけど、それはクリニック課が関わる、すべての事業でも言えることなのだ。

それを解決するために、必要なこと。それは——。

「それって、北上尾の生産本部にもクリニック課を置けってこと？」

「一番早いのは、それだろうね。ただし、コストの問題があるけど」

「いや、カネならあるんだ」

出た。社長のカッコいいセリフの、ベスト3に入るヤツだ。

「けどまず、先生みたいにやってくれる医者、いる？　いたとしても、うちの福利厚生を理解してくれる医者なんて、いるかな」

「ミツくん。社食の管理栄養士さん、知ってる？」

「関根さん？」

「そう。あの人の知り合いに、変わり者の医者がいるんだって」

ライトクのクリニック課は完全な福利厚生部門で、先生も給料は正社員の「課長」と同じ。そんな条件でやってくれるような変わり者の医師が、先生以外にいるだろうか。

「え……大丈夫？　さすがに時給一万円とか、年収一千五百万円とか二千万円とか、医者の一般的な相場では雇えないよ？」

それを聞いて、ちょっと引いた。何に驚いたかといってその金額にもだけれど、世間的にはその条件で働けるのに、中途採用の会社員を選んだ先生に、あらためて驚いたのだった。

「なんか前は西荻窪《にしおぎくぼ》の古民家で、ごはんを出す自由診療所をやってたとか」

「古民家で自由診療？　ごはん？　なにそれ──」

それは、かなり変わり者の医師だ。

「──おもしろい人だね！」

でも社長の第一印象は、悪くないらしい。

「何科の医者なの？」

「そこまで聞いてないけど、オトナのミニマム・ハンドリングをやってたって」

「へー、ミニマム・ハンドリング。おもしろい発想だねー。一回、会ってみたいね」

何のことやらサッパリだけど、社長が興味津々なことだけはわかった。

結局そんな会話にずっと聞き耳を立てていると、元気な声がドアから入ってきた。

「はよざーっす。あれ、三ツ葉さん。どうしたんですか？」

「おはよー、昇磨くん。ちょっと、琉吾先生と――あっ！　もう、こんな時間だ！」

あわてて社長は、マグカップに残っていたコーヒーを飲み干した。

「三ツ葉さん、低血糖は大丈夫です？　なんか、ハラに入れて行きますか？」

「サンキュー、大丈夫！　松久さんも、朝からお騒がせしました！」

「えっ⁉　あ、とんでも――」

相変わらず風のように、三ツ葉社長は去って行った。

「リュウさん。朝から、何の話してたの？」

「ん？　おまえにも話したことのある【次世代還元型　職場復帰支援】についてだ」

「な――？」

思わず、声が出てしまった。

聞いていた限り、そんな単語は一度も出てこなかったと思う。

でも、あれかもしれない。来た時には、すでに終わっていた話だったとか――。

そんなことを考えていると、眞田さんと目が合った。

「リュウさーん。たぶんそれ、奏己さんには話してないと思うよ？　ねぇ、奏己さん」

「えっ？　いえ、私は……何も」

「顔に書いてありますよ」

「で、でも……私が来る前に、そういう話になってたんじゃ」

「そうなの？　リュウさん」

「……マツさんが来る前？」

首をかしげた先生は、コーヒーの残りをカポーンと——飲み干さなかった。

珍しく、流し台に残りを捨てたのだ。

そしてなにより、いつもあれだけ背筋がピーンと伸びている先生が、イスから立ち上がる時に「よいしょ」とばかりに、前かがみに膝に手を付いた。

この違和感、見過ごすわけにはいかない。

「……先生？　どうしたんですか？」

「ん？　何が？」

「何か……変じゃないですか？」

また、お腹をさすった。

「まぁ、ちょっと……昨日から、軽い腹痛があるぐらいで」

社長とのやり取りの最中にやっていた「あの仕草」は、やはり腹痛だったのだ。

「大丈夫なんですか？」

「痛みは軽微で、部位は心窩部《しんかぶ》付近。発熱、下痢、嘔気、嘔吐はない。とりあえずH2《エイチツー》受容体拮抗《ブロッカー》薬と、スクラルファートは飲んでおいたので」

「ちょっと、リュウさん。マジで大丈夫なの？　それって、医者の不養生なんじゃ」

「大丈夫だ、問題ない」

それは先生がよく言うセリフで、聞き慣れたものだった。

でも何故か「これはいつもと違う」と、インパラ・センサーが囁くのだった。

▽　▽　▽

水曜日、午後6時20分。

わりと忙しかった一日が終わり、締めの作業をしていたら、カルテ記載を終えた先生が診察ブースから出てきた。

「マッさん、お疲れさま。なんだかんだで、今日はたくさん来たな」

「ですね――」

カゼっぽい人、いつものお薬をもらいに来る人、採血の定期経過観察に来る人、健康相談に来る人、指の切り傷から急性の腰痛、帯状疱疹《たいじょうほうしん》の予防接種まで、実にバラエティ豊か。でも別に理由があるワケでもなく、先生が言うところの「確率の偏り」というやつだ。

外来を一年ほどやっていると、たしかにこういう日があることに気づくのだけれど――。

「――それより、先生は大丈夫なんですか？」

「ん？　例の【次世代還元型　職場復帰支援】のこと？」

たぶん「大丈夫なんですか？」の主語に、ちゃんと「先生の、体調は」と付けなかった、こちらの落ち度だろう。

「あ、いえ……それは」

そんな先生がイスをギコギコしながら考え、眞田さんと相談し、三ツ葉社長に提案した【次世代還元型　職場復帰支援】については、お昼に詳しく教えてもらった。

メンタルヘルスに支障を来して休職を余儀なくされている社員の職場復帰は、思いのほか難しいらしい。とくにその休職理由が現在の部署での業務内容、あるいは人間関係であると明確になった場合、不調の引き金が待つ部署へ戻れるのかという問題がある。

それは、そうだろう。たとえば紗歩が理由でメンタルをやられたのに、数か月休んだらまた紗歩のいる職場に戻れと言われたら——ちょっと紗歩を喩えに使って悪かったとはいえ、要は無理ということだ。

そこでまず考えられるのが、別の部署への配置換えだろう。

ところがこれにも、落とし穴があったという。

実は先生が来る前に、運送事業部の車両整備課にいた方が、メンタルヘルスの悪化で休職を余儀なくされたことがあったらしい。人あたりも良く、部署内での人間関係は良好。業務内容も整備士としてがんばっておられたのだけれど、他の理由で——守秘義務があるので教えてはもらえなかったけれど——出社が困難になったのだ。

そしてようやく出社できるまで復調した数か月後、当時の産業医が「マニュアルに沿って」、その方を同じ運送事業部とはいえ車両整備課ではなく、配車課に配置換えしてしまったという。もちろんそこには、人員補充のために車両整備課にはすでに「契約社員」の整備士を雇っていたという、これまた難しい背景もあった。とはいえ復職された整備士さんにとって、これは大変ショックなことだ。配車課の仕事がどうかという問題以前に、その方は整備士として働いておられたのだ。自分のスキルを活かせない業務に、やりがいや働きがいを感じるのは難しい。そして残念ながら、今度はこれが原因でメンタルヘルスの悪化が再燃し、退職されてしまったという。

「大丈夫だ、問題ない」

「それなら、いいんですけど」

「なぜなら、あの職場復帰支援のポイントは——」

ダメだ、まだ話がズレたままだった。こういう会話の噛み合わない感じはいつもフツーにあるけれど、どうも今日は違和感のあるズレ方をしている気がしてならない。

そもそも職場復帰支援が「大丈夫だ、問題ない」理由は、もうすでに十分聞かせてもらっている。

その骨子は、こうだ。

メンタルヘルスに支障を来した理由が元の部署にあると明確な場合、そして他の精神科疾患が否定されている場合、その社員の希望と適性を確認したうえで、休職療養からの復帰第一歩として「社内児童クラブで学童指導員に就くのはどうか」という提案だった。

復調の程度に応じて、まずはライトクの「職場に出社してもらう」ことから始める。でも顔を出す先は、社内児童クラブ。元の部署とは何の関係もなく、ライトクの事業に間接的に寄与する福利厚生部門からの出社勤務は、ある意味「保健室登校」や「リハビリ登校」から始めるイメージにならないだろうか、というのが先生の言うポイント。つまり「出社できている」という自己評価の底上げが目的であり、いかにも小児科医である先生らしいアイデアだった。

もちろんそれを「良し」としない人、メンタルヘルスに支障を来した理由が元の部署以外にある人、子どもが好きではない人など、休職者の背景はさまざま。間違っても画一的な「マニュアル対応」にするべきではないとのこと。

でもこれが職場復帰を目指す社員にとって、復職前の「ワンクッション」になる場合もあるなら、選択肢がひとつ増えたことに意味はあるだろう。

そして本人からの希望があれば先生の指導の下、放課後児童支援員の資格取得を目指すことも可能であり、セカンドキャリアの選択肢も広がることにはならないか——それはまさに「次世代の子どもたち」に「還元」しながら、自らも職場復帰を目指す支援プランであり、本人の希望があれば「クリニック課／子育て支援室」勤務に異動願いを出すことも可能——つまり、社内児童クラブの人員確保にもつながるという企画だったのだ。

「リュウさん。それ、昼に聞いたよ」

隣で薬局課の締め作業を黙々とやっているようで、ちゃんとこちらの話も聞いてくれていた眞田さん。冷静なご指摘、ありがとうございます。

「……ん？　そうだったか？」

「ちょっと社内児童クラブに都合が良すぎるし、最後は本人次第だけどね、って話になったじゃん」

「そう……だった、な」

首をかしげながら、先生は記憶を辿っているようだった。

「今朝は結局、三ツ葉さんに企画書を出し忘れてるし。なんか、変じゃない？」

やはり眞田さんのセンサーも、あの違和感を察知していたらしい。ならばこれで、自信を持って先生に聞いてみることができる。

「あっ。眞田さんも、そう思いました？」

「奏己さんもですか？　どうせまだ他にもいろいろ考えて、ワーキングメモリが一杯になってんだと思いますけどね」

違う。表面的にはそう見えるのだけれど、違和感の根源はそれじゃない。

「あの、先生。ずっとお腹、痛くないですか？」

驚いたのは先生ではなく、眞田さんの方だった。

「え……あれから、ずっと？　奏己さん、なんでそう思ったんです？」

「実は――」

今日一日、どうにも先生の「仕草」が気になってならなかった。

いつもは背骨に鉄の棒でも入れているように、シャキッと姿勢のいい先生。それなのに今日は、ほんの少しだけ前かがみになることが多いような気がしたからだ。

かといって、それが病気と直結する症状かどうかわからない。でも、いつもと違うことは明らか。とはいえ先生は医師で、ちゃんとお薬も飲んでいた。

だがしかし――。

「……マジか。オレ、それには気づかなかったですわ」

「すいません。素人目線ですから、意味があるかどうか……」

「いや。奏己さんが謝る必要ないっていうか、たぶんそれあたりだと思います」

「あたり……？」

だとしたら、嫌なあたりに違いない。

「てことは、リュウさん。H2ブロッカーもスクラルファートも、効いてないじゃん」

「大丈夫だ、問題ない」

たぶん、そう答えると思った。

「あのさ。奏己さんが滅多なことで、こんなこと言うはずないでしょ？」

それには反論しないあたり、なんだか嫌な予感しかしない。

先生は肩で大きく息を吐いて、眞田さんの目を見ずに渋々と答えた。

「下痢、嘔気、嘔吐もなければ、発熱もない。腹痛の場所は、臍《へそ》付近の下腹部が中心だ」

「え、待って。朝は心窩部付近って、言ってなかったっけ」

「ん？　まぁ、そうだな」

「痛みの部位が移動するの、よくない徴候なんじゃない？」

「だが痛みの種類も疝痛《せんつう》＝colic《コリック》 pain《ペイン》のように耐えがたいものではなく、気になる程度」

「いつから？」

「……昨夜から」

腹痛だけで思い浮かぶのは、せいぜい胃炎ぐらい。でも痛みの場所がおへそ付近に移動しているのは、どういうことだろうか。

「で？　リュウさんの鑑別診断は？」

「まず白黒つけるべきは、虫垂炎《ちゆうすいえん》だろうな」

「マジで？」

「え——っ⁉」

虫垂炎とは、俗に言う「盲腸《もうちょう》」のこと。あれはもっと激しい腹痛で、救急車で運ばれるような症状を想像していたのだけど。

「せ、先生！ ぜんぜん、大丈夫じゃないですよね⁉」

「いや。まだ、大丈夫だと思うが」

「まだって……」

「基本的に『腹痛』においては、早急に対応が必要な頻度の高い疾患から除外、つまり『これは違うだろう』という疾患を挙げて、否定していくことから始めるのだが——」

別に今、講義が聴きたいわけではない。

他の大変な病気が隠れているのではないか心配なだけなのだけれど、先生は自らの症状を評価しながら説明を続けた。

「——とりあえず疝痛ではないので、尿路系《にょうろけい》の結石《けっせき》や腸管の捻転《ねんてん》、血管の塞栓《そくせん》や梗塞《こうそく》なども、現状は否定的だと考えている。さすがにこの症状だけで動脈解離《どうみゃくかいり》までは予期できないが、女性ではないので卵巣捻転《らんそうねんてん》は除外できる」

そう言いながらも、先生は無意識にお腹を手でさすっている。

これだ。この仕草も、今日一日やたら気になったヤツだ。

「逆に胃腸炎であれば、この程度の症状はどうということはないだろう。腸管出血性大《ちょうかんしゅっけつせいだい》腸菌《ちょうきん》感染症も、嘔吐や下痢を認めていない時点では否定的。しかし唯一気になるのは、胃痛＝急性胃粘膜病変《AGML》を念頭に置いた薬剤を内服しても効かなかったこと。その上で否定できないとして残った疾患が、虫垂炎というだけだ」

よくもまぁ、これほど冷静につらつらと自分の症状を解説できるものだ。

「リュウさん……残った虫垂炎、わりとヤバいヤツじゃない？」

「虫垂炎の初期は、胃腸炎の痛みと区別が付かないことも珍しくない。そこから数日で痛みは指数関数のグラフ（a>1）的に強くなっていく。最初から虫垂のある右下腹部が痛くなるとも限らず、腹部の中心、反対の左側など、初期は痛みの部位もさまざまだからな」

「待って、待って！　それって、全然その可能性があるってことじゃん！」

「だから、まず除外すべきは虫垂炎だと」

「だから、どうやって！」

なぜこの状況で、アルカイック・スマイルになれるのかわからない。

「虫垂部から腹腔内《ふくくうない》に炎症が波及してくると、腹部を押さえた時よりも押さえたその手を離した時の方が痛みの強い『反跳痛《はんちょうつう》＝ブルンベルグ徴候』という腹膜《ふくまく》刺激《しげき》症状《しょうじょう》が現れ始める。あるいは腹部を触診した時に、炎症で腹筋が緊張して硬くなる『筋性防御《きんせいぼうぎょ》』という、内臓体性反射《ないぞうたいせいはんしゃ》が見られるようになる」

「で……それ、今どうなのよ」

「マツさんに言われて、ふと気づいたのだが――」

そこで、先生と視線が合った。

「――もしかすると『姿勢が前かがみになっていた』というのは、軽い筋性防御の姿勢だと言えなくもない、とは思った」

「なっ――」

「軽い前屈は、腹筋に緊張のかからない姿勢だからな。無意識のうちに炎症刺激をかばっていたかもしれない、という可能性は否定できないと言えるかもしれない」

「えぇ――っ!?」

思わず眞田さんと顔を見合わせてしまったけれど、次の言葉が出てこない。

「そうか、そういうことか……」

なんだか回りくどい表現をしたあと、先生は涼しげな顔で腕組みをして考えた。

「……であれば、第三世代のセフェム系抗生剤でも内服しておくか、あるいはあと一日経過観察とするか」

「いや、なんでそこを迷うの？　迷わず飲みなよ。今、持って来るからさ」

「ショーマ。腹痛がこの程度の場合、むやみに抗生剤を飲んでしまうと、中途半端に症状をわから《マスク》なくしてしまい、むしろ診断が遅れる可能性もある」

「いやいや。虫垂炎の保存的治療法って、抗生剤なんじゃないの？」

「だから。それは明日もまだ症状が続き、採血でもしてみてからの話だと」

「いやいや、いやいや。じゃあ今、採血してみればいいじゃん」

「誰が、俺の採血をするんだ」

「三ツ葉さんだって、医師免許持ってるでしょ。あとは、七木田《ななきだ》さんとこの——」

「それでは、お先に失礼」

「——ちょ、リュウさん⁉」

そう言って、涼しげな顔で帰っていった先生。

今まで一度も、みんなを置いて先に帰ったことがないというのに——。

▽▽▽

木曜日、午前8時45分。

澄ました顔で出社していた先生は、いつも通りクリニック課を開けようとしていた。

一挙手一投足を見る限り、昨日よりぎこちないと思うのは気のせいだろうか。

「さ、眞田さん……どう思います？」

「い、いや、らしくないですね。朝イチお決まりのコーヒーを飲もうとしませんし、診察ブースのドアの開け方も、なんとなく違和感ありましたし」

薬局課を開ける準備をしながら、眞田さんは首を振った。

「ですよね！」

「あえて、呼んでみますか。リュウさん、リュウさーん」

診察ブースから出てきた先生は、珍しくちょっと面倒くさそうな顔をした——と気づける人は、ほとんどいないだろう。

「どうした。そろそろ診療を始めるぞ」

「今朝はコーヒー飲まないみたいだけど、ハラの調子はどうなの？」

「大丈夫だ。ほんの少しだけ昨日より痛みが強くなり、痛みの部位が右下腹部に移っただけだ、問題ない」

「ハァ⁉ なに言ってんの！」

昨日の話だと、たしか虫垂のある場所は「右下腹部」だったはず。だとしたら痛みの部位が、どんどん問題の場所に近づいているということではないだろうか。

「ショーマ。痛みの部位が移っただけで——」

「痛みの程度も強くなってるでしょうが！」

いつになく眞田さんの口調が強かったけど、これはありがたい。医学的知識のない人間が医師に対して言えることなんて、ほとんどないのだから。

「──まぁ、多少は」

まさに「プンスカ」という表現がぴったりな顔で、眞田さんは先生に体温計を渡した。

「これ。熱、測って」

「今？　自宅では」

「い──ま──は──かっ──て」

強い。先生に対する眞田さんの圧が、かつて見たことがないほど強い。

渋々と体温計を脇に挟んで、約一分。ピピッと鳴って取り出した体温計を、先生より先に眞田さんが取りあげた。

「ほらぁ、37度9分あるじゃん」

「38度以下は微熱で、必ずしも病的発熱とは言い切れ──」

「それは、乳幼児の話でしょ。だいたい、ほぼ38度だし」

「しかもその体温計は体温の上昇率から分析と演算をして、十分後の体温はこうなるであろうと、一分後に予測告知する方式なので──」

「もう、いい。そこ、座って」

そう言って眞田さんは、スマホで誰かに電話をかけた。

「あ、お忙しいところ、すみません。眞田ですけど、今お電話いいですか？──あ、はい、そうです──やっぱり、ダメですね──はい。すみませんけど、お願いします」

たぶん先生のことを相談したのだと思うけど、なんだかずいぶん説明を端折った気がする。それでも通じたっぽいところを見ると、眞田さんのことだから、あらかじめ昨日のうちに相談していたのではないだろうか。

「ショーマ。なんの電話だ」

「すぐわかるよ」

その言葉通り、ものの三分でクリニック課のドアがバーンと勢いよく開いた。

「何やっちゃってんの、先生！」

ナイス、眞田さん。グッジョブ、眞田さん。

やって来たのは、三ツ葉社長だった。

「ミ、ミツくん……どうしたの」

「いいから。ぜんぶ昇磨くんから聞いてるから、こっち来て」

「しかし、ミツくんも忙しいのに」

嫌がる先生を、社長はグイグイと処置室へ連れ込んだ。

そんな先生の歩き方は、やはりお腹をかばっているように見える。

「松久さーん。至急用の採血伝票、ある？」

「は、はい！　すぐ、お持ちします！」

電子カルテのシステム・トラブルや停電なんかを想定して、採血伝票はデータ提出だけでなく、旧来の紙伝票も受け付けてもらえるように契約している。

なんだかんだ言ってバタバタしている時には、旧来の複写式の検査伝票にチェックを入れて、至急でお願いする方が速いのだ。

「昇磨くん。まず、採血しちゃおう。スピッツ、どれ？」

「あざっす。これです」

「クリニック課の簡易検査器械、回せる？」

「大丈夫です。オレが回しますんで、やっちゃってください」

伝票用紙を持って処置室に戻ってくると、すでに先生はベッドに横にされ、社長に腕から採血をされていた。なんだか違和感のある光景だけど、社長も国家資格の医師免許を持っているのだと、あらためて実感する。

「昇磨くん。これ、簡易検査用ね。あとは外注に出しておくから、先にこっちを器械にかけてくれるかな。とりあえず、白血球《ワイセ》とCRPを確認したいんで」

「了解です」

社長の、なんと手早いことだろう。研修医二年で医師を諦めたとは、到底思えない。あと診察室を出て行った眞田さんの、キビキビした手際のいい助手っぷりがすごい。

「じゃあ、先生。診察するよ」

「エ……ミツくんが？」

「たぶん自分で触診して、もう気づいてると思うけど」

ベッドに仰向けのまま小さなため息をつき、両膝を曲げて天井を眺めた先生。

席を外そうとすると、なぜか社長に引き止められた。

「あ、松久さんも見ておいて」

「えっ！」

「虫垂炎がどんな症状になるかって、たぶん見ることは少ないと思うから」

「い、いえ……あの、私は」

社長、研修医か何かと間違えていないだろうか。

「いいでしょ？　琉吾先生」

「……まぁ、俺は別に」

先生のベルトを弛《ゆる》め、雑にシャツをまくり上げてお腹を出させた社長。

なんだろう、この光景。本当にここで見学していいのだろうか。そう思いつつも、やっぱり見たい気持ちに負けてしまう自分が情けない。

「先生。痛いのは、ここ？」

「む——そ、そうだね」

「右下腹部に限局する、圧痛があるじゃん」

そして社長は、先生のお腹をあちこち軽く押していった。

「つ――」

「筋性防御、軽いけど出てるね。今の、わかった？　松久さん」

「――ぬっ⁉　は、はい！」

いきなり振られて、変な返事になってしまった。

たしかにお腹を触られた先生は、軽く「ビクッ」と反応した。ただ、研修医でも医学生でもないので、そこまで講義をしてもらわなくてもとは思う。

「じゃあ、先生。少し押すよ？」

社長は先生のお腹をゆっくりと押していき、いきなり手を放した。

「く――」

「押した時も少し痛いんだけど、手を放した時の方が痛みが強い。これが、ブルンベルグ徴候――反跳痛っていう、虫垂炎のかなり大事な所見だよ。見えた？　松久さん」

「あ、はい！　わかりました！　社長、見えましたから！」

社長がもう一度やって見せようとするものだから、気が気ではない。

そうこうしているうちに、クリニック課内にある簡易検査器械の結果レシートを持って、診察室に眞田さんが戻ってきた。

「三ツ葉さん、どうでした？」

「診察所見は、虫垂炎疑い濃厚だったよ。そっちは？」

「白血球は1万9000／μL、CRPは12㎎／dLです」

「えぇっ？」

なぜか、検査結果のレシートを手渡してくれた眞田さん。もう研修医や医学生の扱いは十分ですと言いたいところだけれど、白血球とCRP＝炎症反応の正常値を見て、これはマズいと素人ながらに思った。

白血球の正常値は3100～8400、CRPの正常値は0.3㎎／dL以下なのだ。

「CRP、12!?　それで、37度後半の微熱があるんでしょ？」

「ですね」

眞田さんと三ツ葉社長が、同時に先生を見た。

「先生さぁ。ぜんぜん大丈夫じゃないし、問題ありありでしょ。わかってると思うけど、消化器外科を受診してきなって」

乱れた服を直しながら起き上がった先生は、サッと髪に手ぐしを入れてつぶやいた。

「大丈夫だ、問題ない——」

まだ言っている。

いくら先生とはいえ、これはあまりにも強がりがすぎるだろう。

「リュウさん、なに言ってんの！　大人げないにも程があるって！」

「——落ち着け、ショーマ。こんなこともあろうかと、すでに昨夜から食事を抜き、俺は水分と糖分と塩分しか摂っていない」

「……ハァ？」

その意味を理解できたのは、三ツ葉社長だけらしい。

「なんだかなぁ……なんて言うか、先生らしいって言うか」

「三ツ葉さん、どういうことなんですか？」

なぜかこの状況で、三ツ葉社長は苦笑いを浮かべた。

「胃の中に食べ物が入っている《フル・ストマック》状態は、麻酔をかけるうえで好ましくないんだよ」

「……麻酔？」

「つまり琉吾先生はすでに昨日のうちから、緊急手術になった場合に備えて、胃の中を空っぽにしてたってこと」

「な――」

「まぁ、そういうことだ。わかったか？　ショーマ」

呆気《あっけ》にとられて、言葉の出ない眞田さん。

「マツさんも、心配ご無用なので」

「で、でも……」

先生。そんな自慢げな顔は、ここではちょっと不適切だと思います。

「琉吾先生。いいから、さっさと病院に行ってきなって。消化器外科があるのは」

「この近くだと、市立南行《なんぎょう》病院」

「J大学の関連病院だし、無難だね。待ってて、いま車を回させるから」

「ミツくん。大丈夫だ、問題ない」

「……なにが?」

もうこうなってくると、意地でそう言いたいだけのような気がしてならない。

「必ずしも手術になるとは限らないので、お手を煩《わずら》わせる必要はないよ。皆さん、お仕事があるわけだし」

「え、どうする気なの?」

「マツさん、ショーマ。申し訳ないが、今日の午前中は休診で」

「は、はい! 気をつけてくださいね!」

「……ねぇ、リュウさん。まさか、昼には帰ってくるつもりなの?」

颯爽《さっそう》とクリニック課を出て行った先生は、なんと自ら社用車を運転して、市立南行病院の消化器外科を受診した。


同日、午後1時38分——。

先生は帰してもらえぬ人となり、即入院。

そのまま、緊急手術となったのだった。

▽　▽　▽

金曜日、午後2時。

親戚以外のお見舞いに行くのは、これが人生で初めてだった。

「眞田さん。手続きは、どうやって……」

「入口に、面会に来た人用の受付があるんですよ」

三階建てのブロックと五階建てのブロックと七階建てのブロックを合体させた、とりあえず次の信号までは病院の敷地が続く、わりと大きめの市立南行病院。ライトク周辺だけでなく、この一帯の二次医療機関——要は開業クリニックでは管理や治療が難しい患者さんや、夜間休日にも救急車の搬送を受け入れてくれる、地域住民にとっての拠点病院だ。

「……でも先生、昨日手術したばっかりですよね。なのに、お見舞いとか」

「主治医の許可は降りてます。ちょっとトラブルはありましたけど、虫垂炎の術後は寝たきりの方がよくないんで、これぐらい刺激があった方がいいらしいですからね」

「トラブル？」

珍しくバックパックを背負った眞田さんは、にっこりと笑っていた。

絶食していたのは「万が一」のためで、すっかりその日に帰って来るつもりで社用車を運転して南行病院を受診した先生。消化器外科で検査を受けた結果、想像以上に虫垂炎が進行していて、なんとその日のうちに緊急手術となった。

そんな先生本人から電話を受けた眞田さんは、入院誓約書の「連帯保証人」にサインするため、慌ただしく薬局課を閉めて南行病院へ駆けつけることに。最近ではクレジットカードの情報提供だけでOKの病院も増えているらしいけど、南行病院は「本人家族以外」の保証人が必要とのこと。そんな人がいなければ、マンションやアパートの賃貸契約みたいに「保証人代行サービス会社」も紹介してくれるらしい。もしかすると、それだけ医療費の未払いの被害が多い病院かもしれない、というのは考えすぎだろうか。

「まぁ、本人から聞いてくださいよ。あの人、運がいいんだか、悪いんだか」

何があったのやら、眞田さんは苦笑している。とはいえこの表情だと、そこまで悪いことが起こったとは考えにくい。

「大丈夫、なんですよね……」

「あ、すみません。そのあたりは安心してください。ちょっと、アレだっただけで」

「……はぁ」

どのあたりがアレで、安心できるのやら。

患者となった先生は医師だということで、手術前の説明は本人にだけ行われて「十分な納得と同意を得た」ことになったらしい。それは、そうだろう。医師が医師に話しているのだから、第三者がどうのこうのと質問することもない。

とはいえ手術後は、先生もすぐに麻酔が覚めるわけではない。だからどんな手術になったか、どんな状態だったか、輸血をしたかなどの説明が聞けない。その結果、手術が終わって先生の麻酔が覚めるまで、眞田さんが付き添いを認められたのだという。

ちなみにその後、三ツ葉社長が会議をキャンセルして駆けつけたのは言うまでもない。

「じゃあ、あそこで入館許可証をもらいますんで」

大きな自動ドアの向こうに広がる巨大な受付と、混雑する待合ソファーの数に圧倒された。さらには壁際にずらりと並んだ自動会計機と、それに並ぶ患者さんたち。雰囲気は巨大銀行かという感じで、想像の何倍も近代的だった。

「……すごい」

「ちょうど、午前の診療が終わる頃ですからね」

そんな混雑の中、慣れた感じで「面会はコチラから」と、めちゃくちゃ大きな文字で書いてあるカウンターへ直行した眞田さん。迷子にならないよう必死に付いていくと、ちょっと怖い感じで体格のいい男性職員さんに「消化器外科の512号室、森琉吾の面会、二名です」と伝えた。

「こちらへご記入ください」

「あざーっす」

差し出された用紙とボールペンをサッと取り、病室番号、入院患者の名前、自分の名前と続柄（家族・それ以外）、入館時刻を書き込んで、入館許可証カードをもらって首からぶら下げる――昨日の今日で、なんと手際のいいことだろう。

「個人単位の記入なので、奏己さんも」

「はい！」

見よう見まねであたふた書き込んでいると、面会カウンター担当の職員さんから、ゆっくりハッキリと念を押されてしまった。

「入院患者様への面会は一日一回のみで、これは患者様が面会できる回数です。面会人数は二名まで、面会時間は三十分以内とさせていただいております。ご了承ください」

「は、はい！」

眞田さんには言わなかったところを見ると、どうやら「何もわかっていないヤツ」だということを見抜かれてしまったのだろう。受付系の業務ではこういう「眼力」がとても重要だと、今なら身に染みて理解できる。おそらく「ここは病院なんだから、大勢で何度もお気軽に遊びに来るんじゃないぞ」という意味に違いない。

「私……い、いいんですよね？」

「大丈夫ですよ。リュウさんの面会、今日はオレらで打ち止めです」

打ち止めの意味はわからないけど、職員さんは端末にキーボードで何やらカコカコッと入力した。どうやら眞田さんの言う通り、これで今日の先生への面会者数は上限に達したということではないだろうか。

「ホントに……いいんですかね」

「何がです？」

「こんな開始早々に、先生の面会チケットを独占しちゃって」

「ははっ。チケットって、上手いこと言いますね」

「いえ。これ、真剣にです」

面会時間の受付は、午後二時から午後八時まで。このあと先生のご家族や三ツ葉社長がいらっしゃったら「お帰りください」になってしまうのだ。

「安心してください。三ツ葉さんは昨日の術後に来てますし、リュウさんの家族は……来ませんから、大丈夫です」

相変わらず察しのいい眞田さんだけど、珍しく言葉を濁した。

そういえば先生のご家族の話は、一度も聞いたことがない。

「それに早いうちに面会枠をツブしておかないと、仕事帰りに興味本位でお見舞いに来そうな社員さんが、何人かいるじゃないですか。ね？」

やってきたエレベーターに乗って五階のボタンを押しながら、眞田さんは意味ありげなウインクをした。ウインクの似合う男性が目の前に実在する奇跡は、さておき。その意味はすぐに理解できた。

「ま、まぁ……」

先生と眞田さんがライトクに来て、早一年。社内——とくに東京本社内には、女性社員による「森ファンクラブ」と「眞田ファンクラブ」が、ほぼ間違いなく存在する。もちろん本人非公認でその活動内容も不明だけど、単に「森先生、いいよね」「眞田さん、カッコいいよね」だけで済みそうにない雰囲気を醸し出しているのは、受付をやっていて肌で感じることがある。それは明らかに「抜け駆け」を許さないという同調圧力というか、非言語的な不可侵条約に近いもの。遠目に愛《め》でているうちはいいけど、ひとたび触れようとしたら「人間関係の軋轢《あつれき》」なんて生ぬるい言葉では済まされない、日常業務に支障が出るレベルの社内問題に発展するのではないか——と、勝手に想像している。

ただし先生はそんな空気にはナチュラルに気づかない達人だし、眞田さんはすべてを理解した上で受け流す達人。その「手の届きそうで届かない感じ」が、さらにファンクラブの何かを煽《あお》っていることは間違いないだろう。

ちなみに男性社員の中に「関根さんファンクラブ」のできそうな気配を察知しているのだけど、そちらは高野さんたち「健康ダイエットSチーム」という、乗り越えなければならない鉄壁のガードがあるので安心だ。

いいや。それはもしかすると、関根さんにとっては出会いの機会を減らしてしまう、お節介になるのだろうか――。

そんなことを考えていると、エレベーターはすぐに五階に着いて静かにドアが開いた。

「……なにやってんの？」

「えっ！　先生⁉」

病室を探すまでもなく、病衣を着た先生がエレベーターホールの前に立っていた。

点滴のパックを吊り下げ、そこから伸びた管が腕に刺さったままコロコロ押して歩ける、いわゆる「点滴棒」を持った先生は、あたり前だけどすっかり「患者」だ。

「む。マツさん――」

「もう、歩いていいんですか⁉」

「――どうしてここに？」

その受け答えは、ちょっと想定していなかった。

でもよく考えれば、そうかもしれない。平日の昼間に、本来ならクリニック課で働いているはずの部下が、のこのこと病院に顔を出したのだ。課長としては当然の疑問だろう。

「なに、その言い方。奏己さんは、来ちゃダメってこと？」

「いや、違うぞショーマ。間違っても、決してそういう意味ではなく」

「だいたい一日の面会枠をできるだけ埋めてくれって言ったの、リュウさんでしょうよ」

「……そう、だったな」

「やっぱ、めんどくさいから面会謝絶にしてもらう？」

「いや、それは虚偽なので……」

とりあえず、来てもよかったらしい。

どうやらこの「面会枠潰し」は、眞田さんだけのアイデアではなかったようだ。

「……申し訳ない、マツさん。そういう意味では、決してないので」

「い、いえいえ。こちらこそ連絡もせずに、急にすいません」

「リュウさんこそ、エレベーターホールで何やってんのよ」

「手術翌日は、クリニカルパス的にそうなっているので」

ちょっと何言ってるかわからない受け答えはいつもの先生だけど、ちょっと前かがみで点滴棒がないと歩くのも不安定な姿は、完全に患者さん。おまけに病衣が前開きのタイプだから、患者感は倍増。

この光景、脳がバグって困る。

「では目的を達成したので、病室へ戻るとしよう」

「なにそれ。エレベーターホールまで、歩いて来るのが目的だったの？」

「そうだ。腸管は本来、一度も空気にさらされることのない臓器。お互いがくっつき合うことなく、ある程度は自由にぬるぬると動けるものだ。それが開腹手術などで、一度でも空気にさらされると——ましてや手術中にグニグニと触られると、それをきっかけにお互いがくっつき合って、癒着性腸閉塞《ゆちやくせいイレウス》を起こすことがある。これは将来いつでも、何年後でも起こる可能性があるものだ。その予防は、ただひとつ。術後早期——つまり手術の翌日には歩いて物理的に腸を動かし、癒着を予防することだ」

「って、クリニカルパスに？」

「書いてある」

そう言いながらも、ヨボヨボというほどではないけど、決していつもの背筋に鉄の棒が入っているような姿勢で歩けない先生。スタスタと大股《おおまた》になることもできず、何かに耐えながら歩いているとしか思えない。その証拠に、もうすでに嫌な汗を額《ひたい》に浮かべていた。

「奏己さん。クリニカルパスって、日本語で言うと『標準的な診療計画』ってヤツらしいですよ。入院から何日目にどんな検査をして、手術はどんな感じになって、その後はどういう経過になることが多くて、いつごろ点滴をはずして、何日目に退院できるか——そういう治療と管理の仕方が標準的な病気に対しては、入院した時点であらかじめ『治療カレンダー』みたいなのが配られるんです」

「診療計画……診療情報提供書、とは違うんですよね？」

それを聞いた先生は、笑うと同時に苦痛で顔を歪めるという、なかなか表現の難しい表情を浮かべた。

「フフッ——痛《い》てて」

そうだ。歩いているのですっかり忘れていたけど、先生は昨日手術したばかり。当然、笑えばお腹が痛いに決まっている。

「す、すいません！　先生！」

「えっ、待って。まさかリュウさん、もう硬膜外麻酔《エピ》のカテーテルを抜かれてるの？」

なんだろう。今まさに「標準的な診療計画」の話をしていたのに、すでに標準的ではない状態ということだろうか。

「せっかく、もしものために入れてもらっていたのだが……頭が痛かったので、今朝の回診の時に言って抜いてもらった」

「ええっ!?　じゃあ、今――」

「疼痛《ペイン》コントロールなしだ。切腹の気分を味わっているが、髄膜炎になるよりはいい」

「……なにそれ。根性あるね」

「ただのリスク回避だ」

「内服は？」

「お気持ち程度の鎮痛効果など不要だ」

専門的な話が行きかっているうちに、先生の病室512号室に着いた。入口の名前プレート枠は、ひとつだけ。つまり、ここは個室ということなのだ。

「あ、オレが開けるよ」

「いいや。ここは、俺が」

「……それも、クリニカルパスなの？」

それには答えないところを見ると、そこまで厳密に書いてあるものではないらしい。それでも先生は相変わらず変な汗をかきながら、ちょっと重そうなドアを引いてヨロヨロと室内に入ると、なるべく振動が伝わらないようにゆっくりとベッドに腰を下ろした。

「ふぅ……」

そんな汗を浮かべて重労働を終えた感のある先生を横目に、眞田さんが慣れた感じでイスを用意してくれた。

「奏己さん。これに座ってください」

「あ、すいません」

個室の病室を見るのは、映画やドラマ以外では初めてだった。大きな窓で清潔感はあるけど、ベッドと日用品を入れておく台——たしか床頭台《しょうとうだい》というヤツと、カーテンしかない。言ってしまえば簡素すぎるビジネスホテルみたいで、あまりドラマチックな空間ではない。

でもカーテンだけで仕切られた大部屋に、四人とか六人とかのベッドが並んでいる病室を想像していたので、それよりめちゃくちゃ豪華なのは間違いない。なにせ廊下に出なくても、病室内にトイレとシャワーが付いているのだ。時間も順番も気にせず好きな時に使えるというだけで、王様気分になれること間違いなしだ。

「リュウさん。水分摂取は？」

「もう、ＯＫだ。昼に尿道カテーテル《バルーン》も抜けた」

「じゃあ、冷蔵庫にイオン飲料のペットボトル入れとくよ」

「ショーマ。冷蔵庫のカードは？」

「買っといたよ」

そう言って眞田さんは、床頭台に組み込まれた小さな冷蔵庫にカードを差し込んだ。

昔は温泉旅館の部屋にあるテレビは、百円玉を何枚か入れないと見られなかった——と、父親が言っていたことを思い出す。

「病院食は、なに食ってんの？」

「朝から流動食、昼は五分粥、夕方から全粥の予定だ」

「塩分制限は？」

「ない」

「塩の小瓶、ここに置いとくね。あとリュウさん、すぐ低血糖になるから、シンプルなプリンとゼリーも入れとくから」

「すまんな。まさか看護師さんに、50％ブドウ糖《グルコース》を1アンプル点滴に追加で入れるよう、指示できる立場でもなく」

「どんな反応するか、言ってみればよかったのに」

「おまえ……俺を『めんどくさい患者』にさせたいのか」

こうしてふたりを見ていると、まるで連れ添って長い夫婦のよう。手術の翌日だから持って行くものはありませんよ、と言われたのを鵜呑《うの》みにしたのは失敗だった。

「それより、奏己さんも心配してたんだからさ。リュウさんの『笑えないおもしろ虫垂炎』について、話してあげてよ」

そういえば来る途中、眞田さんが「ちょっと、トラブルはありましたけど」と言っていたのを思いだした。

「……おもしろいだろうか」

「少なくとも昨日、オレと三ツ葉さんは笑ったよ」

手術で笑えるトラブルなんて、あるのだろうか。

先生はさっそく、眞田さんの持って来た冷たいイオン飲料をカポーンと飲みながら、緊急手術に至る経過を話してくれた。

「俺は最初、最悪手術になっても、内視鏡で済む程度の虫垂炎だと思っていた――」

ところが現実は、先生の予想よりかなり悪かったらしい。

採血結果では強い炎症反応が出ていたものの、診察での虫垂炎症状は軽かった先生。そもそも普通に歩いて出社して、社用車を自ら運転して受診できたのだから、抗生剤の点滴あるいは内服で済むのではないかと思うのも無理はない。

でも腹部エコーとCTの検査をしてみると、想定外の事実が判明したという。

虫垂は本来、小腸から大腸に移行した直後の部分に「わかりやすく」付いているものらしい。だから虫垂炎の痛みのセンサーとして優秀なのは、血管と網で腸を覆《おお》っている、腹筋側にある腹膜《ふくまく》という膜状の構造物。ここに虫垂の炎症が波及して、強い腹痛や腹膜刺激症状を危険信号として出してくれるのだ。

ところが先生の虫垂は——これは先生の表現だけれど——ひねくれたことに、大腸の「裏側」に回り込んでいたらしい。そうすると、たとえ虫垂が強い炎症を起こしていても大腸が邪魔をして腹膜に刺激がいまひとつ伝わらず、結果として診察所見や腹痛の症状が実際の炎症の程度よりも軽くなってしまったのだという。

「なので内視鏡どころではなく、リスク回避で、昔ながらの開腹手術になった——」

「そうだったんですか」

「——わけだが」

「え……続きがあるんですか？」

そこで終わらないのが、ある意味先生らしいと思った。

虫垂炎の開腹手術は大変そうだけれど、妊婦さんの帝王切開と同じように局所麻酔で行うらしい。脊髄《せきずい》の外側に麻酔を打って、その脊髄が支配している部分だけ――だいたい胸から足先までの痛みをなくし、あとは意識があるままお腹を切られる。もちろん先生の場合は赤ちゃんが出てくるわけではないので、執刀医の先生とムダ話をしながら気楽なものだったという。お腹を切られている医師が、切っている医師と雑談をしながら進む手術というのも、なかなかレアな光景だ。そんな気軽なことでいいのか心配になるけれど、どうやら虫垂炎の手術自体は、時に新人消化器外科医の執刀デビューになるほど、難易度の高くない――。


「――はず、のものだったが、途中で全身麻酔に切り替えられた」

「えっ！　途中で⁉」

話は、ずいぶん怪しい方向に傾き始めた。

「実際にはCT画像で見るより炎症と癒着の程度が強く、腸管は危うく破れる寸前。どうも口数が少なくなったなと思っていたところ、急に『あー、先生。ゴメンね、癒着がひどいから全身麻酔に切り替えるよ』と言われ」

「……ず、ずいぶん軽いですね」

「どうなっていたのか説明されれば、仕方ないとわかるので」

医師同士というのは、そんな感じでいいのだろうか。

眞田さんは視線を逸らして、笑いを堪えている。

「それで、全身麻酔になったんですか」

「そう。俺もそれは初めてだったので、どうなるか楽しみだった」

「……全身麻酔が、ですか？」

「マツさん、経験ある？」

「いえ……ないですけど」

少なくとも、楽しみではない。

「薬の味から、検査の苦痛まで、何でも経験してみないと患者に説明できない。ただ麻酔だけは経験がなかったので、ラッキーだと思ったのだが……」

そんな遠くを見つめるような顔をされると、気になって仕方ない。

「……どうだったんですか？」

「よくある映画のシーンと、途中までは同じだった。しかし数を数えて気を失った後、俺は意識が少しだけ戻った」

「えっ！　戻った⁉」

そんなこと、あり得るのだろうか。

「筋弛緩剤《きんしかんざい》で身体は動かせないし話せないが、ぼんやりと意識はある。その状態で、挿管《そうかん》されたのがわかった」

「あれですよね、口から人工呼吸器のチューブを入れるヤツですよね!?」

「そう。だから気を失ったのは薬剤によるものなのか、挿管時の一時的な窒息による苦しさなのか、いまだにわからない」

眞田さんが、視線を逸らしたまま笑っている。

「ククッ——それで結局——虫垂以外も——切除されちゃったんでしょ？」

「実際の炎症の程度が画像診断よりも強かったため、回盲弁《バウヒン》ごと周囲をごっそりと」

「ヤバいよね！　小腸から大腸、直通になっちゃったもんね——」

どこが笑うポイントなのか、医学的なネタはサッパリわからない。ここは同僚と、い、い、仲間に入りたいので、あとで眞田さんに聞いてみよう。

「——あ、ゴメン。三ツ葉さんから、電話だわ」

そう言って立ち上がった眞田さんは電話に出ず、帰り支度を始めてしまった。

「どうした。帰るのか」

「ここから電話できるブースまで、遠いからさ。オレは、そのまま会社に戻るよ」

「あ。すいません、長居しちゃって。私も——」

「マツさんも？」

先生はごく希に、こういう庇護欲《ひごよく》をかき立てるような顔をするから困る。

でもそろそろタクシーで帰らないと、午後の始業に間に合わないかもしれない。

「奏己さんは、もう少しいいんじゃないですか？」

「でも、午後は二時半からですし」

「けど戻っても、クリニック課は休診ですよ？」

「それは、そうですけど……だからといって」

すでに帰り支度を終えた眞田さんに、ポンポンと肩を叩かれた。

「一生に一度ぐらい『いっけなーい、ちょっと間に合わないかもー』っていうの、やってみるのもいいんじゃないですか？」

ここでウインクをする意味がわからない。

「あの、だから今戻れば、まだ間に合う――」

「じゃ、リュウさん。なんか必要な物あったら、連絡して」

「わかった。よろしく頼む」

本当に爽《さわ》やかな風と去って行った、眞田さん。

そして一瞬で静寂《せいじゃく》に包まれてしまった、病院の個室。

この「あとは、おふたりでどうぞ」的な空気は、確実に考えすぎだとわかっている。

それでも豊かな想像力が仇《あだ》となり、あり得ない妄想が自らを窮地に追い込んでいく。

「マツさん」

「は、はい！」

「こういう時に、こういうことを言うのも……その、どうかと思うのだが」

「……なんでしょうか」

病衣の乱れを整え、髪に手ぐしを通した先生。

こういう時に、どういうことを言うつもりなのだろうか。

「前は、こんなことを考えたこともなかったのだが、意識し始めると――」

ここで目を逸らすのはおかしいと思いながら、先生の直視に耐えられる自信がない。

「――ただ、今は正直に言うべきだと思っている。ショーマも、いないことだし」

「は、はぁ……」

このワケもなく跳ね上がっていく心拍数、造影ＭＲＩ検査をやった時の比ではない。手汗どころか、ハンカチで額を拭くレベルだ。

「ショーマが言うには、どうもそういうことを女性に言うと、職場が気まずくなることがあるらしいのだが……とうに気づいてしまったことを、いつまでも告げずに黙っているのは、勝手で申し訳ないが、俺がスッキリしないので」

「……は、はぁ」

ダメだ、耐えられそうにない。

知っている。これが結局は大した話ではないことも、三十年間生きてきて知っている。

だがしかし、だがしかし万が一──。

「マツさん」

「は、はい！」


「誕生日、おめでとう」


「……はい？」

先生はもの凄く重大な告白をしたかのように、大きなため息をついた。

「どうやらマツさんは、四月七日が誕生日だったようだが、なぜか俺たちには黙っていた。そのことに気づいた俺はショーマにその理由を聞いたのだが、あいつは『とりあえず女性の誕生日はビミョーだから、それとなく会話に出るまで黙っておきなよ』としか──」

たしかに三十歳の誕生日を職場で祝われると、眞田さんの言うようにビミョーな気持ちにはなる。たしかに人によっては苦笑いで、職場の雰囲気が気まずくなるかもしれない。

だからといって、こんな告白風の雰囲気で「誕生日おめでとう」と言われるのも、なかなかアレな気分になるものだと、三十年間生きてきて初めて知った。

「──そして気づけば、数か月。今さら告げられて気を悪くしたなら、申し訳ない」

「いえいえ、とんでもないです！」

「……エ？」

「ちょっと想定外だったので、ビックリしただけで」

あの流れから二か月前の誕生日の話が出ると、誰が気づけるだろうか。

「そうか……やはりショーマの言う通り、誕生日という物は数か月も経ってから祝うものではないな」

「いえ、そういう意味でもないんですけど」

「……エ？」

「だから――」

だから、なんと言えばいいだろうか。

こんなことで悩むシーンなんて、少女コミックでしか見たことがない。

期待に満ちてキラキラしている先生の目を見て、なんと返せばいいか――。

「――あ、ありがとうございます」

ぱあぁっ、と先生が笑顔を浮かべた。

「そ、そうか。言って正解だったワケだ」

「すいません。なんか、気を遣ってもらって」

「とんでもない。それでは、アレだな。俺が退院したら、快気祝いも兼ねて――」

少年のように嬉々としながら、退院後の計画を話す先生。

たぶんこうなることを予想しながら、今ごろクスクス笑っているだろう眞田さん。

そして痛い勘違いをしながら誕生日を祝ってもらう、肝臓に小さな血管腫を抱えながら、
高脂血症疑いを晴らすべく食事に気を遣う、アラサー女の松久奏己。

そんな三人で、総務部クリニック課&薬局課は回っているのだ。


歳を取ることで少しだけ知ることができた、患者さんの気持ち。

それは自分で変わろうとしたわけではないけど、結果として変わっていった自分。

そう考えると、歳を取るのも悪くないと思えるのだった。

この作品はフィクションであり、実在する人物、団体等には一切関係ありません。また、作中に登場する傷病等への対処方法や薬剤処方の内容は、架空の登場人物に対するものであり、実在する同じ症状や疾病の全てに当てはまるものではありません。

光文社文庫

文庫書下ろし
はい、総務部《そうむぶ》クリニック課《か》です。　あれこれ痛《いた》いオトナたち
著者　藤《ふじ》山《やま》素《もと》心《み》

2024年6月20日　初版1刷発行

発行者　三宅貴久
印刷　堀内印刷
製本　ナショナル製本

発行所　株式会社　光文社
〒112-8011　東京都文京区音羽1-16-6
電話（03）5395-8147　編集部
8116　書籍販売部
8125　制作部

ISBN978-4-334-10343-9　Printed in Japan

組版　萩原印刷

光文社文庫最新刊

〈磯貝探偵事務所〉からの御挨拶　小路幸也

繭《まゆ》の季節が始まる　福田和代

新しい世界で　座間味《ざまみ》くんの推理　石持浅海《いしもちあさみ》

不知森《しらずもり》の殺人　浅見光彦シリーズ番外　和久井清水

SCIS 最先端科学犯罪捜査班[SS] Ⅱ　中村 啓《ひらく》

はい、総務部クリニック課です。　あれこれ痛いオトナたち　藤山素心《もとみ》

光文社文庫最新刊

火星より。応答せよ、妹	石田 祥
ゴールドナゲット　警視庁捜査一課巡査部長・兎束晋作《うづかしんさく》	梶永正史
屍者の凱旋　異形コレクションLVII	井上雅彦・監修
夜の挽歌　鮎川哲也短編クロニクル1969〜1976	鮎川哲也
照らす鬼灯《ほおずき》　上絵師 律の似面絵帖	知野みさき
花いかだ　新川河岸ほろ酔いごよみ	五十嵐佳子